Coordinación de la colección: Daniel Goldin
Diseño: Arroyo + Cerda
Diseño de portada: Joaquín Sierra
Dirección artística: Rebeca Cerda

A la orilla del viento...

Primera edición: 1994
Cuarta reimpresión: 1997

Hilda Perera

ilustraciones de
Antonio Helguera

D.R. © 1994, Fondo de Cultura Económica, S.A. de C.V.
D.R. © 1995, Fondo de Cultura Económica
Av. Picacho Ajusco 227; México, 14200, D.F.

ISBN 968-16-4234-1

Impreso en México

DIDO

FONDO DE CULTURA ECONÓMICA

MÉXICO

Capítulo 1

❖ YO SABÍA que algo grave estaba pasando o iba a pasar de un momento a otro. No sé si los perros olemos el futuro, o es que sabemos lo que la gente siente por dentro, aunque nos trate con todo cariño. Para mí está más claro que el agua cuando estorbo, cuando alguien siente mucha soledad y necesita compañía, cuando hay que estarse quieto para dejar pensar o cuando puedo, porque hay alegría y ganas de retozo, mordisquear los pies, poner mis patas delanteras en el pecho de mis amos, correrles atrás y estorbar que caminen, o salir como una flecha detrás de la pelota que lanza un niño para que yo me agote y la recoja.

Como tanto tiene que ver la facha de una persona y hasta su color, debo decir que a los perros nos pasa lo mismo. Yo, por ejemplo, soy un perro alto, casi pastor alemán o policía —aunque no del todo, porque mi madre era una *collie*. Tengo el pelo color canela, que es una ventaja, y de la cabeza al rabo me corre una línea blanca con dos lunares de pelo negro: uno detrás de la oreja y otro en el rabo, que parecen manchas de aceite y me han costado más baños y restregones de los que merezco.

Por herencia de mi madre —y esto parece que va muy en contra mía— no puedo mantener en alto la oreja izquierda y se me dobla aun cuando estoy atento. Por lo demás, tengo los ojos color caramelo y dos rayas negras que parten de mis párpados inferiores y van hasta las orejas, dan la impresión de que alguien me maquilló para almendrar mis ojos. También, y esto llama mucho la atención, tengo seis dedos en la pata delantera derecha.

Todavía no he cumplido el año, pero ya doy miedo al que me le pare en dos patas y le abra cerca del rostro mi hocico lleno de dientes y colmillos afilados. Soy sencillo, afectuoso; obedezco según quien me mande, y casi siempre estoy alegre. Pero más vale que lo sepáis de una vez: no soy lo que se dice "de raza".

Para serlo, mi padre y mi madre tendrían que haber sido perros policías, y mis abuelos, y creo que hasta mis bisabuelos y tatarabuelos. Lo cual es una lata, porque uno puede escoger el futuro, pero lo que pasó ya está hecho. Y más, está hecho antes de nacer uno. Esto de ser mestizo me ha costado muchos contratiempos y no pocos disgustos.

Como ahora tengo la cabeza apoyada en mis dos patas delanteras, recogidas las de atrás, parada la única oreja que puedo parar, gacha la otra y los ojos abiertos viendo, mirando "eso" que va a pasar y que me temo no va a ser bueno.

En primer lugar, he visto sacar maletas, que huelen a polvo, a viaje y a cambio. Odio las maletas. Es como si aparecer ellas y desaparecer alguien que quiero fuera una misma cosa. Manolo, mi amo —el español fornido, que huele a golosina mezclada con sudor y una pizca de coñac y, sobre todo, a los chorizos, jamones, sobreasadas y quesos cabrales que trae de España para vender en Francia— mi amo, digo, tiene cara de preocupación y a la vez de decisión tomada. Mi amo siempre tiene alguna decisión tomada. La que se las cambia o se las retarda es mi ama, María José, que huele a jabón y agua de lavanda.

Ahora los veo trajinando de un lado a otro de la habitación, como si tuvieran prisa o quisieran tenerla para acabar pronto con eso que no sé qué es y me asusta.

Sólo Marcos, el niño, que huele a leche con chocolate derramada en la camisa de punto, al sudor de no estarse quieto nunca, ha venido a abrazarme o a tratar de abrazarme; como no le alcanza el brazo me tira de la oreja y, completamente confiado, me levanta el labio superior: para él nunca he tenido colmillos.

Mis amos están hablando el idioma de ellos cuando no quieren que el niño o yo entendamos. Pero no necesito entender las palabras: veo que echan en un baúl grande la ropa, los trastes de la cocina, los adornos, y que las maletas con su bocaza abierta se lo tragan todo. Luego, que se van, se van.

La cosa empezó hace unos días, cuando llegó una carta de España, y el ama lloró mucho porque su padre había muerto. El amo lloró menos y dijo:

—Tendremos que ir a ayudar a tu madre. Ella sola no puede.

Es decir, que la dichosa carta acabó con la rutina de "Perdido, ¿cómo estás?", y mi plato de buena carne y el paseo al atardecer y el quedarnos juntos y felices los cuatro, cuando caía la noche.

Porque no había la menor duda: yo era tan de la familia como Marcos. Me trajeron desde Gijón con ellos. Crecí a su lado. Hice mis maldades, les di dolores de cabeza, pero me lo perdonaban todo con un regaño, porque yo era suyo. Además que estoy en todas sus fotografías, y cuando van de vacaciones, el primero que sube al coche soy yo.

También soy yo quien cuida la casa y ladra cuando se acerca alguien que me huele distinto. Al niño no dejé nunca que nadie le pusiera una mano encima. Hasta cuando se cayó en el estanque, fui yo quien salió corriendo a salvarlo. O sea, que si veía maletas era porque irían a algún lado, y yo con ellos. No me entraba otra cosa en la cabeza. Éramos una familia de cuatro que se mudaba junta.

Esa tarde vino a la casa una señora con una cartera que olía a cuero y ni me saludó. Al ama le dijo —sin mirarme, sin tenerme en cuenta siquiera—:

—Ustedes, tranquilos. Yo me hago cargo de él y lo llevo a un hotel de perros si fuera necesario, hasta que manden a buscarlo. Estará bien cuidado.

Eso dijo la mujer, pero yo supe claramente que no le gustaban los perros, porque no tuvo una palabra, un decir qué grande se ha puesto o notar siquiera los seis dedos de mi pata derecha. Nada. Yo la olfateé todo lo que pude, pero no olía a persona de su casa; es decir a jabón blanco, a comida recién hecha. Cuando le olí las manos no había en ellas ni el más leve trazo de un sofrito de ayer o de antier siquiera. Además, tenía puesto un perfume escandaloso.

Al fin, sin que todavía nadie me dijera: "Mira, pasa esto y haremos esto", un día se llevaron los muebles y quedó la casa vacía, con un olor nuevo que no le conocía, a gente que no está. Pero todavía estaban.

Al día siguiente, en cuanto vi que aparcaban el coche frente a la casa y mi amo iba cargando con maletas, de un salto me colé en el asiento trasero.

—María José, te advertí que tu amiga debía llevarse a Perdido ayer mismo. ¿Ves? ¿Qué necesidad hay ahora de esto? —decía mi amo, mientras de bastante mal forma, agarrándome por el collar, me jalaba para sacarme del coche. Que nunca hubiera yo salido si no es porque le dicen a Marcos: "Llámalo, llámalo tú", y el niño se pone a dar palmadas y decirme: "Ven, Perdido; ven, perrito", y yo, de tonto, que no puedo dejar que me pida algo sin complacerlo, salgo y empiezo a saltarle alrededor y a morderle los cordones de los zapatos.

—¡Perdido, entra! —ordenó mi amo y me abrió la puerta de la casa ya vacía. Mi ama, María José, me miró con lágrimas en los ojos y mi amo tuvo que jalarme con todas sus fuerzas, porque en los escalones me resistí a entrar y hasta me atreví a gruñirle un poco; la casa olía demasiado a soledad y vacío.

Entonces abrió una lata de comida, la vertió en un plato y me dijo: "Come, Perdido". Claro, yo estaba entretenido comiendo y no noté que se escurría hacia la puerta. Cuando vine a ver, la cerró de un gran portazo y me quedé yo dentro, arañándola, aullando y oliendo el poco airecillo de fuera que entraba por la rendija. Corrí hacia la ventana, me subí de un salto y vi cómo cargaba al niño que lloraba y extendía los brazos hacia la casa; es decir, hacia mí, que estaba dentro.

Enseguida oí el ruido del motor y vi la cara triste de mi ama encuadrada en la ventanilla de atrás. Ladré cuanto pude, arañé la puerta con todas mis fuerzas hasta que se perdió el coche y quedé solo, encerrado, sin ellos. ¡Ah!, esto, ¡esto era lo malo que iba a pasarme! Tuve que alzar el hocico y aullar largo, porque sentí una pena muy honda, como la que sienten los perros cuando se muere alguien.

Me pasé la tarde dándole vueltas a la pena y a los porqués. ¿Por qué me habían dejado solo? ¿Por qué no me llevaban? ¿Qué haría Marcos sin mí? ¿Quién lo cuidaría?

Y fue ya, rayando la noche, cuando las sombras iban apoderándose de la casa sola, que me paré en firme y me juré a mí mismo: "¡Pasaré el resto de mi vida buscándolos!" ❖

Capítulo 2

❖ Un pensamiento oscuro me cruzó por la mente. ¿Acaso me abandonaban para comprarse un perro de raza ahora que volvían a España?

La verdad, tengo que decirla, es que no fueron ellos quienes me escogieron a mí, sino yo a ellos. Mi primer amo —no sé si por falta de plata o de ganas— me montó un día en su coche, buscó un barrio con edificios y chalets y, sin pensarlo dos veces, allí me soltó, cerró la puerta y se fue a toda marcha.

Estaba atardeciendo, y como las cosas al atardecer siempre son peores, me sentí fatal. El mundo me pareció enorme y enemigo. Todas las puertas estaban cerradas y empezaban a encenderse las ventanas. No olía a mi alcance ni comida, ni agua siquiera: sólo la llegada de una noche oscura y mala amiga.

De repente veo a esta pareja que venía caminando; paseando más bien. Me acerqué para cerciorarme de que olían a gente buena y me dije: "Ahora, a hacer tu gestión". Enseguida les moví el rabo lo más que pude (no hay nada que halague tanto a una persona como el que un perro de buena presencia se acerque y les mueva el rabo).

Como me vieron limpio y bien cuidado, me pasaron la mano por la cabeza, e iban a seguir de largo, cuando me apuro y como si ellos fueran míos yo cosa de ellos, empiezo a trotarles delante, a mirar atrás y dar la vuelta cada vez que me alejaba un poco; al acercarme, les mordía muy ligeramente los pies, les azotaba las piernas con el rabo y los miraba con la mirada dulce y canela que siempre me gana amigos. Si venía un coche haciendo ruido, salía corriendo que me mataba y me ponía a su lado, como buscando refugio.

—Mira, Manolo, ¡ni nos conoce y viene a que lo ampa-remos! Pobrecito, parece que tiene miedo —dijo la mujer, que era menudita y morena.

—¡Pero no te estés haciendo ideas! Ya con el niño, el canario y los problemas del trabajo no damos abasto —dijo Manolo con voz de sargento. Pero no le hice mucho caso; he visto que los hombres gritan más por debilidad que por fuerza.

La cosa era insistir —con ella sobre todo. Y eso hice. Me acercaba, le olía las manos, se las lamía un poco y volvía a salir corriendo, para no demostrar demasiado interés.

Total, que caminaron como veinte minutos y yo detrás, manso, como perro ya perteneciente, y sin demostrar en ningún momento el susto de "me quedo solo y es de noche" que latía en mi corazón acelerado.

Al fin, llegaron a casa. Manolo sacó el llavín y abrió la puerta. María José se quedó atrás, mirándome. Yo bajé la cabeza con las orejas gachas, pero Manolo insistió:

—Déjalo, nena, está demasiado gordo para no tener dueño. ¡En cuanto dejes de hacerle gracias, vuelve a su casa! —con la misma, cerraron la puerta. Les aullé lo más desconsoladamente que pude, olisqueando el borde de la luz encendida, pero no me hicieron el menor caso.

Yo sentí la peor de las soledades, que es estar en la noche solo, sin dueño y con hambre. Había un cantero de flores azules con olor a miel y me consolé acurrucándome bajo su sombra. No dormí mientras pudo más la preocupación que el sueño. Pero al fin, después de mucho mirar estrellas, viéndome solo, con las costillas como par de arpas salidas por el hambre, entrecerré los ojos y empaté preocupación y pesadillas.

Era muy de mañana cuando me despertó María José:

—¡Pero mira quién está aquí! —dijo con tono que me pareció de permiso y bienvenida.

A poco me trajo un platillo redondo con leche tibia. Claro, le di las gracias moviendo el rabo y saltándole alrededor y ella "¡quita, quita, que me ensucias!" y yo viendo que, con todo, estaba contenta y se reía. Hasta que salió Manolo, y advirtió con rabia:

—¡Que no vaya a estar aquí ese perro cuando yo vuelva!

Estuve, y bien comido por cierto. Pero no encontré modo de llegar a su corazón; ni saludándolo como si fuera un personaje, ni poniéndole las patas en sus hombros.

—¡Ahora mismo salimos a dejarlo! —dijo. Y así, sin cambiarse de ropa, con esa amargura que da tener más gastos que sueldo, dijo—: ¡Vamos!

—¿Adónde? —preguntó María José.

—Al mismo sitio donde estaba anoche. Por ahí estará su casa.

Salieron, y yo detrás. No jugó limpio Manolo. En cuanto me entretuve en un jardín, para decidir si orinaba o no el poste que tenía al frente, dijo:

—¿Ves? Ya encontró su casa —y sin detenerse a ver si había dueño que recibiera, tiró del brazo a María José y salió punto menos que corriendo.

Pero corre menos un hombre que huye que el perro que lo persigue. Corrí tanto y con susto, que al llegar ellos a la casa, allí estaba yo acezando, falto de aire, y en la más preocupada atención que puede demostrar un perro.

—¡Míralo!, Manolo, ¡míralo¡ —y ahí fue que María José intercedió por mí, quebró la decisión de Manolo, me quedé en la casa y me nombraron Perdido.

Un poco me alegró el recuerdo, pero enseguida volvió a angustiarme la misma idea:

¿Por qué me habían dejado? ¿Por qué?

Es verdad que una vez mordí al amo, pero tenía mis razones. Si voy a ser sincero, yo quería mucho a María José y tenía pasión con Marquitos; en cambio Manolo no me caía tan bien: los dos queríamos mandar.

Palabra de perro que el día que le hinqué los colmillos en la muñeca no fue por eso. Fue que me sacó a la puerta de la casa y vi al perro del vecino, que ya varias veces me había retado enseñando los dientes y arqueando el lomo con furia. Yo le tenía ladrado que no anduviera presumiendo. Y él, que podía más que yo.

Así estábamos, siempre prometiéndonos pelea de perros cuando estuviéramos libres. El vecino lo llevaba sujeto con correa pero, al verme, mi enemigo se desprendió de un salto y vino hecho un rayo, dispuesto a matarme. Yo, que no podía ser menos, salí como un cohete y nos enredamos a gruñidos y mordiscos. En esto, el dueño del otro le grita al mío:

—¡Agarra a tu perro! ¡El mío está entrenado! ¡Si lo dejan, mata! ¡Agarra a tu perro, o no me hago responsable!

Yo estaba como loco, echando chispas, mordiendo por donde pudiera, huyendo y volviendo a atacar lleno de coraje.

—¡Perdido! —me gritó mi amo—. ¡Perdido! —pero yo no podía hacer caso. Me iba el buen nombre y la fama de bravo. Seguí atacando y mordiendo como una fiera y ya iba a hincarle los dientes por la nuca a mi enemigo, cuando mi amo me agarra por el collar; sacudí la cabeza hecho una furia dándole a entender que me dejara pelear lo mío. Pero insiste. Tira de mí con fuerza hasta que casi me ahoga. Y ahí fue que yo, porque me dejara ser perro, señor, le hinqué los dientes en la muñeca y vi brotar tres chorros de sangre que enseguida le cubrieron la mano como un paño rojo.

Así, con la mano ensangrentada, agarró un palo y empezó a darme por las costillas y por el lomo. Y yo sin ceder, ¡qué caramba! Fue el dueño del otro el que tuvo que llevárselo, mientras yo, ufano, vencedor, regresaba a casa golpeado por mi dueño que se apretaba las heridas y veía gotear en la yerba su sangre.

—María José, ¡ayúdame!

Entonces comprendí que, por mandón que fuese, el ama quería a su marido más que a mí. Por única vez en la vida me miró con odio, corrió a lavarle las heridas y estuvo de acuerdo en amarrarme al tronco del manzano. Allí estuve separado de todos, pensando que no le habían dado mérito a mi valor, ni se enorgullecían de mi coraje. Al contrario, se quejaban de mí y me acusaban en cuanto alguien, viendo la mano herida de mi amo, preguntaba qué había sucedido.

—¡Ese desgraciado! —decía señalándome—. ¡La próxima no se queda en la casa!

Y yo le ladraba:

—No te he hecho por mal, sino porque soy perro. De perro me viene el morder y ladrar y atacar si me atacan; de perro valiente y bravo; y no puedo volar ni ser paloma, porque cada cual es lo que es. Además, te herí porque me ahogabas con el collar. Peor tú que no fuiste para darme con tus propias manos y buscaste un palo. Yo te herí con los colmillos que tengo en la boca. Para eso los tengo, como tengo el rabo para espantar las moscas y demostrar cariño. Lo siento, amo, pero vivo y actúo como lo que soy. Nací perro. No pidas milagros.

Mis amos me hicieron sufrir muchas humillaciones y las perdoné por fidelidad. ¿Por qué no pudieron perdonarme ellos en vez de castigarme abandonándome? ¿O es que la fidelidad de los hombres es distinta a la de los perros?

Bien que me humilló el dichoso gato, pero no lo ataqué por maldad, o porque fuera a matarlo. Es que por principio ataco a cuanto gato se me cruza en el camino. Odio a los gatos. Primero, porque maúllan y no ladran. Segundo, porque se dan mucha importancia, como si fueran reyes, y a nadie obedecen. Tercero, por egoístas; nada les importa tanto como bañarse con su lengua áspera y ya puede estar cayéndose el mundo, que ellos siguen lamiéndose como si nada.

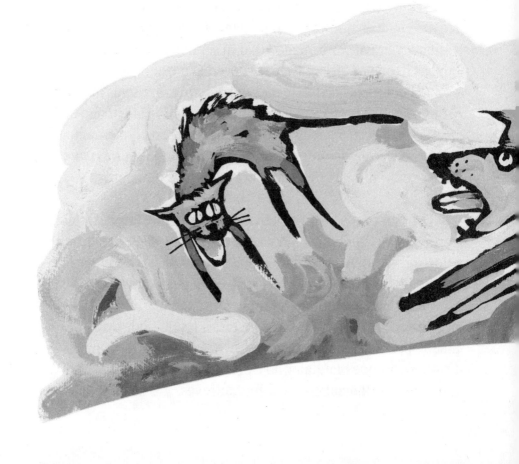

También me molesta su olor a gato encerrado. A veces se van los dueños y se quedan con la casa, sin tratar siquiera de buscarlos. Además, la gente se divide en pro-perros y pro-

gatos; y como el que tiene gatos no quiere perros, es una cuestión de supervivencia. Mucho deben habernos fastidiado los gatos cuando, al ver uno, no podemos dejar de atacarlo.

Aunque mi amo me regaña, yo tengo visto que él, a su modo, también tiene sus prejuicios y en cuanto alguien viene de fuera, habla otro idioma o tiene el color distinto, si puede, lo humilla o le hace burla. Yo no; a mí puede presentárseme un peludo, un blanco o un negro, que si me trata bien, lo saludo como si fuera perro igual que yo.

Pero gatos, ni en pintura. Además que me han dado muchos disgustos. ¿Quién iba a pensar que aquel gatito esmirriado, casi ciego, de patas resbalosas, iba a costarme tamaños problemas?

Un día oigo por la mañana, entre unos helechos, ese *miau* insistente que le crispa a uno los nervios. Ladro, porque me sale de dentro. Al punto decido el ataque, me abalanzo boquiabierto y caigo sobre una fiera de gata negra que me salta encima con los ojos encendidos como brasas y me clava las uñas en el lomo. Yo me movía para sacudírmela de arriba, mientras tres gatitos patiflojos salían huyendo a refugiarse en el manzano.

En cuanto pude zafarme de la gata, salí a perseguirlos. Dos me miraban desde la rama hechos un arco y con los ojos echando chispas. El tercero se había quedado abajo por flojo y se encogía como si yo fuera un monstruo. Para enseñarle una lección y aclarar quién era el dueño del patio, lo agarré por el lomo y empezaba a sacudirlo —a sacudirlo, no a comérmelo. ¡Dios me libre, carne de gato!— cuando acude a sus chillidos mi ama, se enoja conmigo, y empieza a chillar.

—¡Suéltalo, Perdido! ¿No te da pena? ¡Un infeliz gato y tú tan grande! —al fin lo solté, aunque me fastidió que lo defendiera mi ama. No hago más que soltarlo, y sale como una flecha a esconderse.

—Lo lastimaste, Perdido, ¡pobrecillo!

Y por un gato de porra, un gato negro y rabiparado, mi ama se mete entre los helechos; corre cuando él corre huyendo de ella y al fin lo agarra acorralado entre la cerca, sus patas y sus garras. Ahí empezaron mis celos. Que "pobrecito, animalito de Dios, cosita, pedacito de noche, ojitos verde limón". Y lo peor, lo más ofensivo:

—Perdido, ¡vergüenza debía de darte! ¡Cobarde!

Entonces comprendí que su piedad no era para mí solo, como creí el día que me acogió en la casa. Lo mismo hubiera sido con este gato hambriento, con un pichón sin plumas, que con un cangrejo.

Traté de prevenirla: la piedad tampoco es cosa que deba regalarse a cualquiera; mucho menos a un gato que pide y no devuelve. Mi ama no comprendió ni mi mirada ni mi ladrido. Alzó al gato, le dio leche de la buena, de la que le dan a Marcos, y lo dejó en su dormitorio envuelto en mantita de cuadros. Y todavía el muy desgraciado huía de pánico si me oía ladrar.

Entonces comenzaron las descargas contra mí. Resulta que yo, monstruo del mal, había separado al gato de su madre, lo había hecho empezar la vida pensando que el mundo era enemigo, y por eso pasó una semana escondido y sin comer, detrás de un escaparate. Como mi ama estudió para maestra y le encantaba la psicología, dijo que iba a ver cuánto demora un gato en olvidar un trauma.

Así, empezó a darle clases de perro al gato. Era como una vacuna. Bien sostenido en sus brazos lo acercaba a mí; el gato, histérico, se le subía por el hombro hasta la cabeza y desde allí clamaba a todo maullar. Al fin decidí que hacía las paces con el rabiparado, o no volvería a tener sosiego.

Poco a poco el gato se fue civilizando. A los seis meses del encuentro, yo me acostaba cuan largo soy en el piso y venía, me olía, y se acurrucaba junto a mí para coger calor.

No sé si aprendió el gato, aprendí yo, o aprendió mi ama: a los siete meses el gato era gata y había cinco gatitos negros, de ojos ciegos y patas flojas, caminando a tientas por toda la casa. ¡Y a mí se me prohibió ladrarle a ninguno y tuve que compartir con los seis casa, comida y amor de dueños!

A ver si soportar esa muchedumbre de gatos amistosamente, no es prueba de que uno es perro bueno, y que no debe abandonarse nunca.

Lo que no me perdonaron nunca fue la vez que salí de casa y estuve más de una semana fuera. Ellos —María José y Manolo—, que se querían tanto y se complacían y acompañaban, ¿cómo no comprendieron que un perro ya adulto no puede estar solo?

Cuando estaba encerrado muchos días y era la misma rutina: ver los mismos árboles, salir a los mismos sitios, beber de la misma agua, me daban unas ganas tremendas de irme solo, completamente libre y sin arreos, a ver el mundo. Y eso hice muchas veces.

Algunas, aprovechando su descuido en dejar la puerta abierta; otras, cavando un hueco por debajo de la cerca o, cuando las ganas de salir eran más grandes que la prudencia, poniéndome de un salto en la calle.

Aquel día sentí en el aire un olor que me citaba con fuerza que no pude resistir. Si me hubiesen puesto juntos todos los ríos, los hubiera cruzado; si todas las montañas, las hubiera escalado; si todas las distancias, las habría acortado corriendo. Y si las órdenes de todos los amos del mundo hubieran querido reprimirme, todas las hubiera desobedecido.

Salté la cerca de un solo impulso y salí a las calles husmeando ansioso por dónde venía aquel olor para mí nuevo. Tuve que enfrentarme a muchos otros perros grandes y chicos que también habían sentido el olor, y acudían a la cita. A unos les gruñí, mordí a otros, y otros huyeron espantados al ver la decisión que parecía duplicar mi tamaño.

Nadie, nadie iba a detenerme. No sé cuánto tiempo anduve buscando. Pasé hambre y cansancio, pero un hambre, una desazón mayor, me obligaba a seguir.

Al fin, tras una verja alta, más allá de la loma verde y suave que formaba el césped frente a una casa imponente y rica, todo el olor se concentró en una *poodle* de hocico fino y blanca como la mismísima nieve, que parecía atisbar en el aire mi llegada.

El corazón me dio un vuelco. Se me aceleró la sangre. Ella me miraba con sus ojos dulces, moviéndose con inquietud y lanzando al aire unos ladridos cortos. Como si dijera: "Ven, acércate". Cogí impulso, salté la verja y fui corriendo a su encuentro.

Esa misma noche nos quisimos.

Ya después cruzábamos de carreras el patio, nos revolcábamos en la yerba, yo la seguía y ella compartía conmigo su cena y el agua fresca que le servían. De noche, tranquilos, como si nada nunca pudiera separarnos, dormía cerca de ella, con mi cabeza apenas apoyada en su cuello.

Era tan feliz, que los días pasaron sin darme cuenta.

En la casa sí que sintieron mi falta. Mi amo salió al patio a buscarme y se volvió loco llamando: "¡Perdido! ¡Perdido!" Viendo que no estaba, fue a buscar al ama y caminaron los dos por el vecindario, preguntando a todos si habían visto un perro medio policía, color canela, con una oreja gacha y seis dedos en la pata delantera derecha. Todos se encogían de hombros y decían que no.

Por las noches el ama, muy triste, comentaba con su marido: "¿Puedes creer que me parece verlo venir a cada instante? ¡Cómo se extraña!" Y el amo, molesto de verla sufrir por algo que no estaba en sus manos evitarle, le decía: "¡Olvídalo, que ése no vuelve! ¡Olvídalo!" Y yo me hubiera convertido en recuerdo de familia, si no fuera porque Marquitos no se consolaba y apenas comía.

El amo llegó a ofrecer una generosa recompensa a quien me encontrara. Por la noche el ama y él se subían al camión y andaban de arriba abajo, encendidas las luces altas, buscándome por las calles.

Una noche pasaron cerca de la casa imponente y sentí el olor suyo. Por esa orden de fidelidad que llevamos los perros impresa en la sangre, paré las orejas y sin darme cuenta ni despedirme siquiera de mi *poodle,* salí corriendo a encontrarlos. Les ladré contento, me puse enfrente de las luces para que me vieran y antes de que frenaran ya estaba yo recibiéndoles a saltos y ladridos.

En vez de darme la bienvenida, mi amo gritó:

—¡Malagradecido! Tanto cuidarte, tanto quererte, y te vas sin importarte ni el niño ni María José. ¡Bien se ve que eres un perro callejero! ¡No reconoces dueño! ¡Ingrato! ¡Si no fuera por el niño, te daba por perdido!

Me forzó a subir al camión, cerró la puerta y ni se dio cuenta siquiera cómo nos dolía a la *poodle* y a mí separarnos para siempre, ni del aullido que lancé al aire levantando el hocico para decirle adiós.

Desde entonces viví amarrado al manzano. No me sacaban si no era con collar y correa. Cuando salíamos, la buscaba con los ojos y con el olfato a ver si por alguna calle, detrás de alguna verja, sentía su olor. Pero todo fue en vano; la había perdido para siempre.

Todavía cuando me ve el amo pedirle mi libertad con los ojos, me dice: "¡Ingrato! ¡Por algo estás amarrado!", y yo pienso: ¿Qué pensará ella? Y lo que más me duele: ¿Por qué me pedían a mí una fidelidad que ahora han roto dejándome?

Encerrado en la casa y con la noche encima, no sabía yo qué otra culpa echarme, mientras me convencía de mi abandono. Se había ido toda la luz y empezaba a aullar en las sombras cuando sentí un coche, una llave en la puerta y un rancio olor a cuero.

Efectivamente, era Maruja, la amiga de mi ama, que apenas entró, dijo de mal humor:

—¡Cualquiera se parte el alma en esta oscuridad!

Encendió el salón y salí a saludarla moviendo mucho el rabo. Al fin y la cabo era la única persona que se interesaba por mí. Cuando por ser más efusivo alcé las patas para ponérselas en el pecho, gritó:

—¡Bájate, perro! ¡Sería el colmo que me rompieras la blusa!

Con mucha prisa y sin dejar de protestar, me tiró del collar, apagó la luz, cerró la puerta y me subió al asiento de atrás de su coche.

—¡Ahora me llenas esto de pulgas! ¡No sé a santo de qué me metí yo en estos líos! Al fin y al cabo María José es tan amiga mía. ¡Bien pudieron haber pagado ellos el hotel de perros y no dejarme esta encomienda! ¡Lo que es yo por buena llego a tonta! —después, dirigiéndose a mí en tono áspero, me dijo—: Siéntate y estate quieto, que la cosa va para largo.

Efectivamente, estuve alerta mirando las luces en la carretera, oliendo campo y noche, tratando de saber por los olores si alguna vez había cruzado este camino. Al fin me venció el sueño; me acurruqué como pude, y me quedé dormido.

Mucho después me despertó el barullo de coches que pasaban rozándonos, el olor a ciudad, el ruido de mucha gente reunida y a la vez sola. Miré por la ventanilla y vi calles amplias y muchos parques, grandes edificios y una altísima torre de hierro rodeada de fuentes.

—París a estas horas se pone insoportable —protestó Maruja, mientras trataba de escurrirse con su Renault pequeño entre el hormiguero de coches.

Al fin paró frente a un edificio estrecho encajonado entre otros dos mayores y me ordenó que saliera. Con la misma, me dio dos palmadas fuertes en el lomo para que cruzara una verja y un piso de mármol muy frío y resbaladizo y me obligó a meterme en un cuartito todo rodeado de hierros que, para susto mío, comenzó a subir solo y traqueteando. Cuando me sacó de allí, me hizo seguirla por un corredor largo con alfombra verde, que olía a humedad y a polvo viejo. Entramos a un apartamento oscuro: su casa.

Empecé a reconocerla olfateando. Las butacas, aunque forradas, olían a muchos dueños; las cortinas, a casa vieja; la cocina, a desinfectante en vez de guiso.

Maruja sacó un plato de latón, lo llenó de agua, me sirvió las sobras heladas de un pollo que sacó del refrigerador y me dijo:

—Te cierro la puerta, no se te ocurra ensuciarme la sala. No ladres, que aquí no admiten perros y me buscas un lío. Mañana te llevo a inyectar, por si las moscas.

Enseguida me roció con algo que olía muy mal y me advirtió:

—¡Por lo menos no me llenarás la casa de pulgas!

Luego salió dando un portazo, y me quedé casi sin poder moverme en aquella cocina extraña y poco hospitalaria. En cuanto sentí que apagaba las luces y se acostaba, empujé la puerta y salí al salón.

Me subí al sofá y busqué distraerme para pasar la noche. Con la pata jalé unos tapetitos y todo lo que estaba sobre ellos cayó al piso. Entonces me fijé en las cortinas: iban y venían solas. Salté y las agarré con las uñas para que se estuvieran quietas. Si se me escapaba alguna, me paraba en dos patas y las mordía. Luego, bocarriba, les mordí los flecos amarillos hasta que se pusieron blandos como espaguetis. Pero tenían mal sabor y me entró sed.

Entonces vi encima de una mesa una bola de cristal mediada de agua. Dentro había unos pececillos de colores. Metí la pata, la saqué goteando, mojé un poco la madera y luego, con mucho cuidado, hundí la lengua y bebí unos cuantos sorbos de agua con olor a pez.

Uno dio un salto y cayó fuera. Parece que quería jugar y saltó varias veces hasta que yo le puse la pata encima y se quedó quieto. Lucía de lo más bonito arriba de la mesa. Parecía un adorno.

De pronto, desde una superficie brillante vi que me miraba otro perro parecido a mí. Le ladré, fui a buscarlo, pero el muy cobarde se escondió enseguida. Entonces me dije: "Es el dueño, mejor orino por todos lados."

(Perdonen si hablo de orinar con tanta franqueza. Ustedes, para ser finos, dicen "pis" y arreglan con papeles y notarios sus asuntos de propiedad. Nosotros orinamos para señalar que nos pertenece un territorio y para dejar bien claro a los perros que vengan, quién es dueño.)

Por tradición, empecé buscando lo que más se pareciera a un árbol; encontré una lámpara de metal y la rocié levantando la pata. Luego, mojé ligeramente una columna de porcelana con flores y los cojines del sofá, para que se supiera bien que, en lo adelante, sería mi cama.

Satisfecho, volví a acercarme a la superficie donde avisté al perro. Allí estaba. Le gruñí; me gruñó. Le ladré fuerte y tomé impulso para ver si de una vez lo alejaba con una mordida.

Me abalancé sobre él con la boca abierta, y ¡paf!, me di un golpe seco en la cabeza. Miré, y allí estaba el perro haciéndose el bobo. Me dio ira y empezaba a insultarlo con

mis ladridos más feroces y amenazantes, cuando salió Maruja en bata de casa desteñida, suelto el pelo, sin zapatos y con cara de mal sueño.

—¿Qué pasa? ¿Qué pasa? ¿Qué jaleo te traes? —y sin hacer un esfuerzo por entenderme, encendió la luz; y empezó a insultarme.

—¡Pero mira que eres bruto, Perdido! ¡Le estás ladrando al espejo! —casi pensé que iba a reírse, pero en eso mira su pecera a media agua, se acerca, y se espanta cuando descubre al pececito quieto y rojo sobre la mesa. Creí que le daba un ataque.

—Rojito, rojito mío, ¿qué te pasó? ¿Qué te han hecho? —Rojito no dio un salto siquiera.

Entonces, como si fuera cosa del otro mundo, dijo que olía mal, y se puso a olfatear y a acusarme:

—A ti no se te habrá ocurrido orinarte aquí, ¿eh, Perdido?

Pero vio la mancha redonda en la alfombra, la lámpara mojada, la columna de flores salpicada de gotas amarillas, y el sofá con mi firma. Se puso morada, me tiró del collar y me obligó a oler mi propio orín, mientras me llamaba asqueroso. Para remate, cuando se sentó en el sofá le saltó encima una de mis pulgas.

—¡Ay, pulgas! ¡Pulgas! ¡Y a lo mejor chinches! ¡Madre del amor hermoso! ¡Qué va! ¡Qué va; yo no aguanto! Ni por María José ni por nadie. ¡Con lo tranquila que vivo sola! Ay, ay, ¡mis cortinas! ¡Me ha mordido las cortinas! ¡Y mis tapetes de encaje! ¡Desgraciado! ¡Perro sinvergüenza! —gritaba y corría detrás de mí, coja y con una zapatilla en la mano.

Suerte que los perros no sabemos reír; si no, me mata.

Al día siguiente, con correa y collar bien ajustados para obligarme a seguirla, cruzó el corredor, me metió en el cajón con paredes de hierro, que al bajar me revolvió el estómago, salió con paso decidido, abrió la cancela y la puerta del carro y de un empujón me metió dentro. Por si había dudas, mientras arrancaba el motor, le dijo con rabia a mi cabeza ladeada y ojos preguntones:

—¡Al Bando de Piedad, a ver si allí te atreves! Por mí, doy por terminado el compromiso. ¡Si me dicen que eres como eres, no me hago cargo ni muerta!

Siguió protestando sola hasta que llegó a un edificio blanco, se bajó del carro, me forzó a seguirla y, después de darle los buenos días a un señor con uniforme, entró a un salón lleno de perros de todos los tamaños y todos los ladridos posibles que, al verme, me saludaron ladrando.

Yo me sentí feliz de estar entre los míos, hasta que me fijé que todos, desde el chihuahueño hasta el gran danés, estaban metidos en jaulas y para olerme sacaban el hocico entre los barrotes.

Salió un señor con bata blanca y olor a éter que le preguntó algo a Maruja, pero era en francés y no entendí. Lo único que sí entendí fue el "no no no" que decía Maruja moviendo la cabeza y encogiéndose de hombros. Al fin se marchó y a mí me metieron en una jaula de madera, al lado de un *bulldog* de aspecto poco amistoso.

Le pregunté ladrando si aquél era el hotel de perros y me dijo:

—¿Tú viste a tu ama sacar dinero? ¿Le pagó algo al doctor?

Le dije que no.

—Pues entonces te tienen aquí seis días; si llevas suerte, viene alguien y te adopta. Si no, a los seis días… ¡lo siento! A los seis días…

—¿Qué pasa a los seis días?

—Como evidentemente no eres de raza, te pasan por una cámara de gases, y ya a esta sala no vuelves. Pero no te hacen nada malo, porque cuando meten los perros, ladran un poco, enseguida aúllan y al fin se callan; o sea, que si los matan, parece que no les duele.

—¿Matarme? ¿Matarme? ¿Quién iba a querer matarme a mí, a Perdido, el de la oreja gacha y los seis dedos en la pata delantera derecha, al casi hijo de María José y Manolo, al guardián de Marquitos? —dije presumiendo de mis méritos, ya que no de mi linaje—. ¿Matarme? ¿A mí? ¿Por qué?

—Porque hay más perros que ganas de cuidarlos. Por eso —contestó el *bulldog* con voz de funeraria. ❖

Capítulo 3

❖ "¡AH!, NO, PERO a mí no, a mí sí que no", pensé. Yo sí que no iba a quedarme enjaulado y manso hasta que vinieran por mí. Haría cualquier cosa. "La vida hay que defenderla con los dientes", me dije. Tenía que salvarme. Por eso, la primera vez que vinieron a abrirme la jaula, no sé si para darme de comer o llevarme para siempre, arqueé el lomo, enseñé los dientes y salí corriendo como un bólido sin importarme los gritos.

Salté por encima de un escritorio, arrasé con cuanto se me ponía por delante, mordí al portero que iba a cerrar la puerta de salida y bajé a saltos, espantado yo y espantando a todos, hasta que gané una calle de mucho tráfico y corrí sin saber hacia dónde, sin conocer ni saber nada, sólo que mi vida era mía y a mí tocaba salvarla.

Ya de noche llegué a una plazoleta grande, llena de gente que se fotografiaba con luces como relámpagos en miniatura, delante de una gran catedral. Le ladré a unas palomas que en bandadas cubrían el pavimento sin dejarme avanzar. Con el susto, levantaron vuelo y fueron a posarse en las altas torres de piedra, donde nadie pudiera alcanzarlas.

También yo hubiera querido levantar el vuelo y esconderme bien alto, en los entrantes y salientes de aquellas

paredes interrumpidas por altísimas ventanas de cristal colo-
reado. Estaba sin aliento, solo, muerto de fatiga y miedo. Me
le había escapado a la muerte, pero a todo lo que miraba mi
vista, a todo lo que buscaba entre el gentío que
iba y venía retratándose, no encontraba a nadie
que le importara mi vida.

Para consolarme puse una pata sobre
otra, la cabeza sobre ambas y cerré los ojos.
Nunca había sentido que era tanta verdad mi
nombre: ¡Perdido, Perdido, Perdido!

Dormí hasta que un hombre tropezó con
el bulto de mi cuerpo y cayó al piso. Después
que pudo levantarse, se acercó sin ver que yo
le enseñaba los colmillos afilados. Con las dos
manos empezó a palparme la cabeza, el lomo,
el rabo, a arar mi pelo con sus dedos y a
decirme con voz muy suave y muy cansada:

—No es tu culpa. No es tu culpa. Soy
ciego —y se sentó a mi lado, como alguien
que tampoco tiene a dónde ir.

Al rato, me dijo:

—Si tú vas delante y miras por mí, cruzamos la calle. Enfrente está el café Notre Dame.

El dueño siempre me sirve como si fuera cliente y pagara.

Así empezó mi vida de perro lazarillo. Mirando por el ciego aprendí a tener paciencia, a ir despacio, a avisarle los

peligros; a cuidarlo. Él me lo agradecía dándome de comer de lo suyo y diciéndome cada noche:

—Gracias por ser mis ojos.

Era un hombre valiente. No presumía de ser ciego; a nadie pedía limosna por serlo. Vivía solo, conmigo más bien, en una habitación muy alta a la que se subía por unas escaleras empinadas y estrechas. Había más cristales que paredes y se veía la ciudad iluminada como si se hubieran caído del cielo todas las estrellas. Sabiendo que yo me quedaba mirándolas, él me decía:

—¿Sabes? En París nadie debía ser ciego.

Lo decía sin amargura, dulcemente, pero a mí me impacientaba su resignación. Después, a oscuras, porque a él le daba igual la luz que la sombra, se movía entre los pocos muebles que, para no tropezar, tenía pegados a las paredes. Luego se echaba en la cama y también le daba lo mismo cerrar o no cerrar los ojos para dormirse. Por las mañanas se preparaba un café; me preparaba a mí leche tibia y se vestía con mucho cuidado mientras me explicaba:

—Me gusta estar bien vestido. A cada camisa y a cada pantalón que venga con ella, le pongo un botón igual, ¿ves? Si el botón es cuadrado, sé que la camisa es azul; entonces busco un pantalón que tenga botón cuadrado y sé que le pegará bien. Este favor me lo hizo una amiga que se fue hace mucho tiempo. Por ella, siempre voy bien arreglado.

Al decirlo, me parecieron tristes sus ojos y sentí una pena tan grande, que levanté el hocico y empecé a aullar.

—Vaya, vaya, si no pasa nada. Si estoy bien —dijo el ciego.

A partir de entonces me convertí en un perro triste. Yo mismo me prohibí correr o saltar y casi no ladraba. Si el sol estaba brillante sentía lástima del ciego que no podía verlo. Si la luna aparecía llena y clara, no la mencionaba, para no verlo buscándola en vano. Cada día estaba más inquieto y era menos perro. Casi me comprometí a no dejarlo nunca. A la vez, quería huir de esta niebla de tristeza. En mi corazón vivían mis dueños y extrañaba la alegría de Marcos.

Trataba de justificarme diciendo: "¡Yo no nací para perro lazarillo! ¡Soy un perro libre! ¡Necesito vivir con ganas! Yo no nací para estar quieto, al lado de alguien que no ve ni siquiera maldice. ¡Uno tiene el derecho de escoger por quién se sacrifica!"

Un día no pude más. Me sentí malo, ingrato, todo lo mal que se quiera, pero lo dejé sentado al frente de la gran iglesia, le lamí las manos y ni siquiera volví la vista cuando le oí decir:

—Adiós, compañero. ❖

Capítulo 4

❖ PRIMERO IBA como huyendo de mí mismo, pero después empecé a fijarme en la gente que caminaba aprisa al lado mío. Había negros, chinos, gente muy rubia y todos miraban los edificios, los retrataban, y buscaban en unos libros rojos, supongo para saber dónde estaban. Si alguno detenía los ojos en mí, yo apuraba el trote, cruzaba la calle y me perdía. Al fin y al cabo, había huido.

De pronto, entre todos los olores confundidos, llegó hasta mí un tenue olor a chorizo, queso cabrales, jamón y sobreasada. Feliz, empecé a correr siguiéndolo. A veces se me perdía. Paraba entonces, olía el aire y seguía a toda carrera por donde mi nariz me avisaba. El corazón me sonaba como un tambor. ¿Sería mi amo? ¿Serían ellos? ¿Volvería a encontrarlos? Cada vez el olor era más preciso y más cercano. No había duda. Dentro de unos minutos estaría saltando alrededor suyo. Me acariciarían el lomo y mi amo me diría contento y sorprendido.

—¡Pero, hombre, cómo te pareces a Perdido! —y yo movería la cabeza para que viera mi oreja gacha y le pondría la pata derecha en sus manazas para que mirara mis seis dedos. Todo, todo sería una gran pesadilla concluida. Porque dos veces, estaba seguro, no iban a abandonarme, y más en una ciudad extraña donde también ellos se sentían extraños.

Pero no. Que soy tonto. Donde el olor se concentró y ya no había dudas fue en un camión verde y blanco con letreros naranja. Me acerqué. Efectivamente, allí estaban los jamones colgados uno junto a otro, y los quesos redondos, formando torres. Casi me mareaba su olor. Salté para meterme dentro, pero no había nadie: ni amo, ni ama, ni Marcos.

Busqué la esquina más oscura, me abrí sitio entre los jamones, puse una pata sobre la otra, recosté en ambas la cabeza, y me sentí acompañado por aquel olor que tanto me hacía recordarlos. A ver qué pasaba.

Pasó que un hombrecillo gordo de pelo muy negro, entró cargando unas cajas al hombro, las puso en el piso y cuando bajó la vista, le dijo a alguien que estaba en la acera:

—¡Eh! ¡Miren esto! Tengo un pasajero. ¿Es vuestro este perro?

Le dijeron que no y se acercó mirándome con curiosidad y un poco de prevención, como lo miraba yo a él. Se rascó la cabeza; estaba entre el ya y el todavía. Es decir, entre si me bajaba del camión o no. Aproveché para ponerme en pie, moverle el rabo y parecerle lo más amistoso e inofensivo del mundo.

—¿A ver, tienes medalla? —me dijo.

Dejé que mirara la simple correa que llevaba al cuello.

—Pues no. Entonces bájate y sigue tu camino, que ya estoy retrasado. ¡Arriba! —empezó a jalarme por el collar y a decirme—: ¡Vamos, fuera!

Pero yo sabía que por las malas no; si enseñaba los colmillos, era perro quedado. Entonces me salvó Marquitos. Bueno, es un decir. Me apoyé en las patas de atrás y puse las delanteras enfrente y medio caídas, como si pidiera, mientras sacaba la lengua y lo miraba de lado y luego al frente, haciéndome el tonto.

Esta gracia me la enseñaron el ama y Marquitos parándome contra la pared.

Al hombre le hizo gracia; me acarició la cabeza y yo me dejé. "Te lo ganaste, Perdido", pensé para mí. No sé por qué a los hombres les importa tanto caerle bien a un perro.

Al fin me dijo:

—Bueno, vamos, vamos. Te llevo. No viene mal un perro cuando uno va de noche por esos mundos de Dios. ¡Arriba! —me ordenó, abriéndome la puerta del costado.

Subí en un santiamén, me senté sobre el asiento y estaba tan excitado que acezaba mientras la saliva me llenaba la boca y goteaba el asiento. Así, atento a todo, al hombre que le decía desde la acera: "¡Estás más loco que una cabra, hermano!", y al motor que se encendía, empecé mi viaje hacia Dios sabía dónde con quién sabe quién. Pero malo, malo —me tranquilicé— no puede ser nadie que huela a chorizo y queso cabrales.

El tío no dijo palabra; es decir, sí dijo alguna de las que decía mi amo cuando se enojaba. Había demasiado tráfico. Los coches, salidos de un arco muy grande, todo de piedra, se arremolinaban a su alrededor, mientras sus choferes bajaban las ventanillas y lo amenazaban con el puño.

—¡Turistas de porquería! —dijo, y yo empecé a mover la cola, porque eso mismo decía mi amo.

—De qué te alegras, ¿de que te insulte a los tuyos? ¿No eres turista acaso? —Yo le ladré que no, que era nacido en Gijón y que venía de Mons a España para reunirme con mis amos, pero como lo mismo se ladra en español que en francés, no me valió de nada.

Cuando ya por fin dejó de agarrar el timón con las dos manos y encendió un cigarro —es decir, cuando ya se abría la carretera limpia como una cinta de plata con campos amarillos y verdes a ambos lados, empezó a hablar y no paró hasta que nos separamos.

—Mirándolo bien —me dijo— has tenido suerte, perrito. Sin desdorar a nadie, no soy de los peores. Trabajo como un animal y nunca he robado un céntimo. Pago mis deudas, me ocupo de mis hijos y casi nunca me emborracho. Aunque te digo que esto de estar de Bilbao a París y de París a Bilbao, casi sin parar en casa, no es ninguna juerga. Te pierdes todas las fiestas. Estás más solo que un pez. Como siempre estás de paso, nadie te coge cariño. Por las noches se te cae la cabeza del sueño y tienes que estarte ahí, dale que te pego, agarrado al timón, mirando la carretera que no se acaba nunca. Y eso de ¡qué suerte tú que viajas tanto!, es cuento. Lo único que ves es una cinta seguida que te pasa por al lado corriendo. Luego, de estar tanto sentado, te entumeces . Aunque te pares y camines, te parece que sigues sentado. De comida, ni hablar. Todo lo que como me da acidez. De contra, cuando llegas, el jefe te pregunta por qué demoraste tanto y te amenaza con dejarte fuera. ¡No hay derecho! ¡Algún día voy a terminar con esto! ¡Desde chico no conozco otra cosa que humillación y hambre! ¡Pero un día me vengo de todo, como que me llamo Lucio!

De pronto, pareció que dejaba sus quejas y se interesaba en mí, porque preguntó:

—Oye, ¿y de dónde saliste tú, si se puede saber? —iba a ladrarle mi historia, pero era de la gente que habla enterizo, y siguió hablando sin oírme—. Bueno, da lo mismo; todos salimos alguna vez de algún sitio. Lo importante no es a dónde se va, no de dónde se viene. Lo que pasa es que uno sale y a veces nunca llega. Mira yo mismo. Siempre viajando, y no llego. Por lo menos, a donde quisiera. ¿Sabes a dónde quería llegar? ¡Ni te lo imaginas! ¡A ser cantante! ¡Sí, señor! De zarzuelas. ¿A ti te gustan las zarzuelas? No, si ya sé que no puedes contestarme, pero tampoco me contesta ni el timón ni el camino, y no por eso dejo de hablarles. Pararía en mudo. Yo tengo buena voz, no creas —dijo, como sacando de sí prueba de que era importante. Con la misma, cogió aire, infló el pecho y me asustó con un gritó—: ¡Costas las de Levante!

Yo, que tengo el oído fino, no pude evitar un aullido. Se enojó y me advirtió:

—Oye, si te pones pesado, aquí mismo paro y te dejo. Lo menos que puedes hacer, ya que te recogí, es ser amable. O si no, cállate.

Escogí callarme y siguió su cuento.

—Si no hubiera sido porque mi madre era viuda y mi tío Etelvino lo más metiche que darse pueda, a estas horas yo sería artista. ¡Ah!, pero la vida es no a todo, no a todo.

De pronto giró hacia mí:

—¿Tú sabes por qué no soy cantante? ¿Quieres que te lo diga? Por la calva. Apenas cumplí los dieciocho años, dicen los pelos a despedirse y me quedé calvo como un huevo. No; por esto no te fíes —dijo señalándose el pelo negro y como pegado que le caía sobre la frente—: es un peluquín. Mira —y cogiendo lo que yo creía su pelo se lo levantó como un sombrero—. Ahora tú me dirás quién contrata a un galán sin pelo. Ésas son las cosas que yo no entiendo. Tanto que puede el destino cuando quiere, ¡a ver qué le importaba mandarme un poco de pelo y tenerme contento! Que no seré de los buenos, pero tampoco soy de los peores. Y no creas, esto del peluquín es un fastidio: un día se me olvidó quitármelo y cuando tiré al río, salió flotando.

Me miró muy serio y me advirtió:

—¡Si te ríes, te pego!

Por suerte, reírse no es cosa de perros.

—Ahora, hay una cosa peor todavía que no tener oportunidad: llegar tarde. Por ejemplo, la zarzuela ya no se usa. Lo que se usa son esos grupos de peludos que parecen locos y berrean en vez de cantar. Bueno, por si es cosa de pelos, acabo de mandarme a hacer un peluquín de melena en París. Me lo tienen en el próximo viaje. Yo no pierdo las esperanzas. Algún día, en algún sitio, verás un cartelón enorme de acera a acera: Lucio de las Mercedes Martínez y Pérez. Y soy yo mismo, y salgo y canto como Caruso y gano más que un torero y la gente se vuelve loca aplaudiendo.

Estaba tan impulsado, que sonreía y medio que saludaba al parabrisas, como si fuera tertulia entusiasmada. Pero de pronto le cambió la expresión. Tal como una tarde de sol cuando la cruza nube de lluvia.

—¡Ay, si Dios me dejara ser cantante, en vez de camionero!

"Es un hombre manso. Es un hombre sencillo: un pobre hombre", pensé. Pero como nada hay más aburrido que oír contar penas y fracasos ajenos, fui cerrando los ojos mientras él cantaba "Luisa Fernanda", y dormí en paz no sé qué tiempo.

Cuando desperté habíamos cruzado la frontera y vi la bandera española. Sentí un cosquilleo de emoción por dentro, porque perro que sea, soy español, y eso de que los perros no tienen patria es puro cuento. Bastante que extrañé a España cuando estaba en Mons.

Viendo que movía el rabo de puro contento y que alzaba la cabeza para ver mi tierra, me dijo Lucio:

—Voy a tomarme unos chatos de vino, a ver si también yo me alegro.

Al mucho tiempo regresó haciendo eses y borracho como una cuba. Traía los ojos inyectados y venía discutiendo consigo mismo. Lo saludé haciéndole fiesta, pero me contestó brusco:

—¡Quita allá, que no está el horno para pasteles!

Enseguida se subió al camión, cerró la puerta con estrépito, me empujó con el pie contra la ventanilla y encendió el motor.

—¡Ahora verás quién es Lucio! —me dijo, con la voz carrasposa del mucho vino—. De mí no se ríe nadie. ¡Ni la vida! Lo que he hecho hasta ahora es esperar y ser bueno. Pero se acabó, ¿oíste? ¡Se acabó! Lo que hay que hacer es cogerle la delantera a todos. ¡Huir de lo que te frena y te impide! ¡Eso! Vamos a huir. ¡A ser libres! ¡A que nadie nos mande!

Me sorprendió su modo de hablar y más, que mientras hablaba hundía el pie en el acelerador. Los árboles y las luces pasaban como un vértigo junto a mi ventanilla. De pronto, vi un camión rojo que nos impedía la carrera. Pero en vez de frenar, Lucio empezó a dar voces:

—¿Ves ése que va delante? ¡Es el tío! El que quiso que dejara el canto, ¿lo ves? ¡Si está más claro que el agua! ¡Ha venido a no dejarme pasar! ¡Mira como quiere interrumpirme el camino! Ahora, ahora verás cómo puedo más que él. ¡Arriba, Lucio, que no te para nadie!

Aceleró tanto, que casi me lanza al piso, se puso detrás del camión y luego lo pasó hecho un bólido y gritando:

—¡Ea, tío! ¿Ves que no puedes con Lucio? ¡Nadie puede conmigo!

En cuanto lo había pasado disminuyó la marcha, pero apenas vislumbró a lo lejos un carro de lujo me dijo:

—Mira, ¡ahí viene el dueño de la compañía! ¡Ése es el desgraciado que me tiene amarrado a este timón y no me deja cantar! ¡Ése es el que no me deja ser libre! ¡Ahora verás cómo lo paso y lo dejo y sigo yo! ¡Verás!

Aceleró cuanto pudo y sólo oí un golpe de aire fuerte cuando cruzamos y el chofer del coche nos insultó con el claxon.

—¡Uno menos, perrito! ¡Uno menos!

Siguió corriendo que se mataba hasta que vio un camión lleno de vacas.

—¡Upa, que estoy de suerte! Míralos, ¡míralos! ¡Ahí van ésos con sus pelos y sus guitarras! ¡Malditos! ¡No les voy a dejar tambor que suene!

Yo iba muerto de miedo, pensando qué destino el mío el de morir en una carretera sin llegar nunca. Pero Lucio les pasó rozando y gritaba cada vez con más convencimiento y alegría.

—¡Vaya! ¡Alguna vez tenía que ganarles! ¡Alguna vez tenía que rebelarme y hacer lo que me venga en ganas! ¡Que para eso soy hombre! ¿No es así? Sí, ¡mucho libre y libre y luego nadie te deja hacer! ¡Todos son obstáculos, todos impedimentos! ¡Hay que huir de todo! ¡Lucio se cansó de ser bueno!

De pronto, tocándome y señalando el camino como un loco, gritó:

—¡Mira, mira! ¡Una rastra! ¿La ves? ¿Ves qué segura va, qué firme? Pues no es una rastra, no. ¡Ésa lleva todos los obstáculos que no he podido vencer hasta ahora! ¡Ahí va mi calva, y el empresario que quiso contratarme, y mis hijos, que los quiero mucho pero no hacen más que pedir y obligarme a trabajar! ¡Verás cómo los venzo a todos! Coge fuerzas, Lucio. ¡Acelera! ¡Corre, adelanta, Lucio! ¡Huye!

Cruzó rugiendo a la rastra, que ni se enteró siquiera pero, al pasarla, levantó el puño para decir:

—¡Desgraciados todos! ¡Miren cómo salgo adelante! ¡Vean cómo triunfo!

Se le fue el timón de las manos, giró el camión, se salió de la carretera dando saltos y tumbos en lo que me pareció el fin de la vida y chirriando fue a dar de bruces contra unos árboles. Paramos. Todo quedó quieto como la muerte. Yo estaba golpeado, pero vivo. En cambio, miré a Lucio y lo vi echado sobre el timón, con los brazos abiertos. Le ladré:

"¡Lucio! ¡Lucio!" Pero se quedó en la misma posición, dormido o muerto. Sólo hasta después lo supe.

No es nada agradable estarse solo y quieto junto a un hombre borracho que a lo mejor está muerto. Pero tampoco iba yo a salir del camión e irme, si todavía —bien que recuerdo un camino cuando lo he recorrido— para llegar a

Gijón, faltaba trecho. Viendo que no había nada qué hacer sino esperar, puse una pata sobre la otra, la cabeza sobre ambas, y me quedé medio que duerme y medio que vela casi toda la noche.

Por suerte. Apenas oí el ruido de unas pisadas en el camino, levanté la cabeza. Dos hombres oscuros avanzaban hacia nosotros. Uno le dio la vuelta al camión y estuvo forzando la puerta hasta que logró abrirla; el otro vino por el lado de Lucio y levantó el brazo armado con una porra.

Ya iba a descargarle un golpe en la cabeza, cuando doy un salto, lo agarro por el brazo, lo muerdo y tranco las quijadas para no soltarlo. Empezó a darme golpes, pero viendo que no podía conmigo, sacó una cuchilla y me hirió en el cuello. Suerte que hice un giro rápido y no pudo herir profundo. Aun así, maltrecho y echando sangre, me tiro del camión, agarro al otro por el muslo, aprieto y lo derribo. Yo forcejeaba y el hombre me pateaba con fuerza.

A todas éstas, con el trajín y el ruido, despierta Lucio, echa a andar el motor, da marcha atrás, y se pierde carretera abajo. Viendo que ya no había caso, los ladrones se zafaron de mí y salieron corriendo.

Quedé solo, herido en el cuello, y más Perdido que nunca. ❖

Capítulo 5

❖ Traté de dar unos pasos, pero era mucha la sangre que me brotaba de la herida. Además, me sentía las patas flojas y todo me daba vueltas. Caí al fin y me fui arrastrando como pude hasta alcanzar el borde de la carretera. Los carros que pasaban corriendo me encandilaban los ojos, pero no tenía fuerzas ni para ladrar ni para moverme. Pasé el resto de la noche larga pensando que ni vería a mis dueños, ni llegaría nunca a Gijón. Cuando empezó a romper el día, vi que estaba vivo y me animé. Ahora con la luz, alguien vendría a socorrerme.

Sentí venir un coche. Alcé la cabeza y tienen que haberme visto a mí y a la sangre que manchaba el asfalto, pero se hicieron los locos y me pasaron rozando sin parar. Después pasaron unos hombres con palas y azadones y me vieron. Sólo que ya no podía levantar la cabeza.

—¡Pobre perro! —dijo uno.

—¿Nos lo llevamos? —preguntó otro y se acercó a mirarme—. ¡Está vivo el infeliz!

—No, hombre, ¿para qué te vas a meter en ese rollo? Está más muerto que vivo. Además, ya sabes lo que cuesta un veterinario. Luego, que pierdes el día y el jornal. No se puede ser tan bueno, Justino.

—Pues ¿qué quieren que les diga? ¡A mí me da lástima!

—¡Claro, porque tienes corazón tierno! —se burló uno.

—¡Como un panalito de miel! —dijo otro, afeminando la voz.

—¡Como una florecita de mayo! —rió otro y armaron tales burlas y risotadas que el bueno, viéndose en minoría y puesto en ridículo, alzó los hombros en señal de impotencia y siguió caminando con sus compañeros.

El niño vino mucho después, cuando el sol estaba subiendo y a mí me quemaba la sed. Era un niño de unos ocho años. Lo que primero vi de él y sigo recordando siempre, fueron sus ojos negros. Yo pensé: "Para qué voy a levantar la cabeza. Éste no puede hacer nada por mí". Pero se acercó, me miró la herida, me acarició con mucho cariño, diciéndome "Pobrecito". Luego, me dijo: "no te muevas de aquí," como si pudiera, y salió corriendo.

Al mucho rato veo que regresa acompañado de un viejo, en un carretón chirriante que jalaba un mulo flaco.

—¡Aquí, aquí, abuelo! —dijo el niño.

—Sí, hijo; ya veo. Un perro.

—Vamos a salvarlo, abuelo. Si se queda aquí se muere.

Se acercaron los dos y el viejo puso un inconveniente:

—¿Qué va a decir tu madre cuando nos aparezcamos con un perro, medio muerto de contra?

—Nada, abuelo. Nada. Yo lo cuido, lo meto en la habitación alta sin que ella lo vea.

—Pero, hijo, ¿quién no va a ver un perro de ese tamaño?

—Lo tapo con una colcha, abuelo.

El abuelo era todo peros, pero peros poco convencidos, que se iban debilitando a medida que el niño insistía. Y cuando dijo:

—Abuelo, ¿tú serías capaz de dejarlo a que se muriera solo? —el abuelo sintió que no podía fallarle al nieto.

Sobre todo, que él llevaba muchos años creando en el niño la imagen de abuelo complaciente y buenazo. Y ya no le quedaba mucho tiempo para que su nieto lo recordara cuando él estuviera muerto. En su imaginación lo veía hombre ya, y diciéndole a sus hijos: "Cuando yo era chico, mi abuelo y yo..." Pensaba siempre que la gente, con tanto trabajar, se olvidaba pronto de sus muertos. En cambio, un nieto —lo había sentido él y lo había visto a través de la vida—, un nieto no olvida nunca a un abuelo complaciente y que no regañe.

Así, salvando su propio recuerdo, dijo:

—¡Anda, vamos! —cogió una manta raída, me la echó por encima y diciéndole al niño—: "Agárrale tú la cabeza" —me cargó él lo mejor que pudo hasta el carretón.

Cuando abrí los ojos estábamos llegando a un pueblo de cuarenta casas, una taberna, campanario antiguo, calles de polvo y casas de adobe. En una de las cuarenta, estaba una mujer delgada con una escoba en la mano y la mirada atenta al camino.

—Ya era hora, padre —dijo.

Luego, llamó al niño, lo rozó con un beso y cuando él iba a decirle de mí, lo interrumpió:

—Hala, hala, ¡a comer! Ya está el cocido. Vamos.

Así el abuelo quedó libre para cargarme y subir conmigo a una habitación oscura y llena de paja. Me depositó con mucho cuidado en una manta y se despidió con un "vuelvo enseguida."

Al poco rato oí las lentas pisadas del viejo y las del niño que subía corriendo. El abuelo había traído una palangana blanca, jabón y unos frascos llenos de algo que parecía sangre y no lo era. El niño traía un plato hondo de leche tibia. El viejo me lavó la herida estregando duro para dejarla limpia y me dejó caer sobre ella el líquido rojo que me escoció un poco. Pero no podía quejarme cuando el niño, apiadado de mí y mirándome como si le doliera a él, me ofrecía la leche y me decía:

—Vamos, bebe; bebe, perrito.

En menos de una semana ya estaba en pie y ansioso por salir de aquel escondrijo pero ya el abuelo, ya el niño, me decían:

—Espera a que estés bien del todo y no se te ocurra ladrar. Tú, callado, hasta que le podamos decir a madre que estás aquí. Ahora —decía el abuelo pensativo— no le busques las tres patas al gato. Tiene muchas preocupaciones la pobre.

El niño me explicaba.

—Si fueras una vaca o una cabra, no habría problemas. Pero perro y grande ya es más difícil —bajando la voz me confesó—: Nosotros casi no comemos carne y el tío Justo no ha mandado la mesada, ¿sabes, perro?

Yo hubiera seguido así, callado y convaleciente, si no fuera porque olí a un perro, me asomé a verlo y vi uno de esos perros blancos de mala cara, que llevaba a su dueño al trote. El hombre, que era redondo y resoplaba, le decía con orgullo:

—¡No seas bestia, hombre! ¡Que me sacas el aire!

No pude contenerme; me ladró, le ladré, dio un tirón a la cuerda con que estaba sujeto a la mano del dueño, lo echó al suelo y, ya libre y escandaloso, venía subiendo las escaleras como una fiera. Yo tranqué mis patas de atrás, gruñí, enseñé mis colmillos, ericé el lomo y ladré cuanta amenaza pude. Ahí se armó. Salió la madre a recoger al dueño con mil aspavientos.

—Señor Romero, señor Romero, ¿se ha hecho daño?

—No, nada: un rasguño. Pero vaya y amarre a su perro, que el mío es una fiera.

—¿Perro dice usted? ¡Aquí no hay perro!

—Y a eso —dijo señalándome—, ¿cómo le llama usted?

A estas alturas ya yo había logrado morder el lomo blanco de mi enemigo, y no soltaba. El abuelo había subido con un palo y le decía:

—¡Suelta, maldito, que es el casero y le debemos seis meses!

Yo estaba lleno de ira y aunque ligeramente, mordí al abuelo en la mano. ¡Cuándo aprenderán los hombres que a los perros no se nos puede interrumpir en la comida, el amor o la pelea! El pobre, no pudo menos que levantar el palo y pegarme. Pedrito, que lo ve, se me abraza cubriéndome con su cuerpo, mientras al perro le echaban una soga y lo amarraban a un poste.

Cuando terminaron los ayes y los sustos y estaba amarrado yo y amarrado el otro, la madre se plantó delante del niño y del abuelo cómplice.

—¿Se puede saber de dónde ha salido ese perro? —y viendo que los dos callaban, ordenó—: ¡Ahora mismo se lo están llevando! —Más le molestaba a ella que el abuelo y el nieto guardaran un secreto mutuo, que yo mismo. Ya, más por celos que por otra cosa y para demostrarle a don Romero que en su casa mandaba ella, dijo:

—Pedro, lo has traído aquí sin permiso. Y tú, padre, de sobra sabes que no estamos para mantener animales, cuando malamente nos alcanza para nosotros. ¡Ahora mismo, pero ahora mismo sacan ustedes a esta fiera de casa!

Yo vi que el abuelo se cubría la mano con el pañuelo para no delatarme, mientras Pedrito se me abrazó al cuello.

—No, madre, ¡no me lo quite! ¡Usted me prometió regalo de Reyes y no pudo dármelo! ¡Déjemelo! ¡Déjemelo! Yo lo cuido. Yo le doy de mi comida.

—¿Con lo flaco que estás? ¡Ni que estuviera loca!

—Un perro cuida la casa —intercedió el abuelo.

A todas éstas, a don Romero, a quien no le conmovieron en lo más mínimo los ruegos del niño, se le empezaron a encender los ojos con una idea que daba a su rostro severo y malgeniado un asomo de agrado o de sonrisa. Sin que tuviera nada que ver con lo que estaba pensando, dijo:

—Sí. Déjelo usted. Con las sobras de los vecinos alimenta usted al perro y complace al niño.

La madre titubeó por no parecer intransigente delante del casero. Y éste tuvo a bien despedirse sin mencionar siquiera que había venido a cobrar la renta.

Desamarró a su perro feo, saludó quitándose el sombrero y después de preguntar intencionalmente:"¿Cuándo viene su hermano?" echó a andar zarandeado como trineo que tiran seis perros.

—Bueno, hija, no hay mal que su bien no traiga. Ya ves, si no es por el perro, te pide la renta. Y se ha ido como un manso palomo.

—Ya volverá. Ponle el cuño que vuelve —dijo la madre.

Desde ese día, Pedrito me leyó la cartilla:

—Mira, perro, tú cuida la casa. De noche te dejaré fuera. Así madre piensa que nos proteges. Procura comer poco para que yo no me ponga más flaco y ella proteste. Además, no ladres; y si ladras, ladra bajito y por el día.

Me estaba acostumbrando demasiado a aquella vida. Casi casi iba olvidando la fidelidad a mis amos, que es lo que hace perro a un perro. Pero yo había hecho el juramento de seguir buscándolos toda la vida. Era sólo que me detenía este nuevo cariño de Pedrín. En el fondo, por pena que me diese, conocía mi deber: hoy, mañana, pasado, tendría que decirle adiós. Que no es igual la fidelidad al dueño de pocos días, que la otra, de por vida, que se debe a quien te lleva de cachorro a perro.

Quizá, tengo que reconocerlo, si no hubiera sido por el tío, echo la fidelidad a un lado y me quedo. Nadie sabe. Los hombres y los perros se ponen muchas excusas para olvidar sin remordimiento.

El caso es que me convertí en perro de Pedrín y del pueblo. Iba con el niño sin correa, porque ni me la ponían al cuello, ni falta que hacía. Seguía tras él, por la compañía y el cariño. Veía los esfuerzos que hacía yendo al carnicero y pidiéndole huesos que luego me iba dando poco a poco, junto con los nabos hervidos, las patatas o el poco de cocido en el que el chorizo era más olor que presencia.

Le cuidaba el sueño o él me lo cuidaba a mí, porque más de una vez abrí los ojos y vi los de él mirándome. Yo le correspondía gruñendo a todo animal o persona que, por su aspecto, me pareciera peligroso. O sea: que nos hicimos amigos.

Pero un día llegó el tío de Pedrín y no sé por qué, empecé a gruñirle. Olía a mala gente, y además lo parecía. Era cetrino y flaco, como hecho de alambres. Nunca miraba de frente, sino al borde del cigarro encendido que pendía de su boca. La madre de Pedrín me espantó y me escondí debajo de la mesa. Pero seguí gruñéndole, aunque más bajo, quizá porque la madre, el abuelo y hasta Pedrín lo recibieron con cariño, y yo sabía —lo sabía por la vista, por el olor, por el instinto— que de hombre así no podía venir cosa buena.

Después de los primeros saludos la madre preguntó: "¿Has podido solucionar?", con lo que se refería al pago del alquiler al casero. El tío puso una mirada turbia, mintió que pronto y a los pocos minutos dijo: "Ahorita vuelvo", mató con rabia la luz del cigarro contra el piso, y salió a la calle.

—Voy a ver a don Romero a ver qué se soluciona —con lo cual la madre, que siempre lo tuvo por hermano mayor y jefe de la casa, sintió alivio.

Yo lo seguí, saliendo por la puerta del fondo y sin acercarme para que no me viera.

Don Romero lo saludó en la taberna, abriendo los brazos con aspaviento.

—¡Vaya, ¡dichosos los ojos! —dijo mintiendo, mientras al entrar el tío, lo palmeaba en la espalda.

—Un trago. Va por mí, hombre.

El tío se deslizó sobre la banqueta con un movimiento que me recordó a los gatos. Así, torvo, hipócrita como ellos me pareció.

El del bar, un hombre gordo con delantal húmedo y manos enrojecidas, le sirvió un vaso chato. El tío lo levantó, y de un solo trago bebió lo que había adentro y lo puso en el mostrador con fuerza. Don Romero estaba en el banquetín de al lado, con una mano en el mostrador y la otra en la parte de atrás del banquetín del tío, como una pared que le impidiera salir sin decir que sí a lo que iba a plantearle. Además le acercó mucho la cara al preguntar:

—Y el dinero, nada. ¿No?

El tío dijo que no con la cabeza y apretó el vaso que sostenía con sus dedos entrelazados.

A don Romero le brillaron los ojos de súbito. Y siempre dándole palmadas al tío le dijo:

—No tiene importancia, hombre; las cosas se solucionan de un modo o de otro. Ahora, por ejemplo, tu estás en condiciones de darme un gusto. Así yo pongo de mi parte, tú pones de la tuya, y todo se arregla.

El tío lo miró con una interrogación desconfiada en los ojos chinos.

—Sabes que cada hombre tiene una pasión, un vicio si quieres. El mío son los perros; más bien, las peleas de perros.

—¿Peleas de perros?

—Sí; en vez darme por las peleas de gallos o los toros, me da por eso. Tú has visto que tengo un *bulldog* fuera de serie. Si organizamos los dos una pelea entre mi perro y tu perro, podemos sacar más de lo que me debe tu hermana. Aquí, ya sabes, los hombres no tienen mucho en qué entretenerse.

—¿Mi perro? ¿Qué perro?

—Hombre, no te hagas el tonto, que te ha seguido y está a la puerta gruñendo. El de tu hermana. El de tu sobrino. Da igual.

Ya después era un torrente de entusiasmo:

—Yo lo vi pelear con mi perro y no estuvo mal. Claro, yo y tú sabemos que ganarle no le gana, pero eso nos lo guardamos, ¿eh? Apostamos. Y cosa legalísima, tu perro pierde, ganamos nosotros, queda pagada la renta, todos contentos. Eso sí, no tienes que andar dando explicaciones. Me llevas el perro a mi finca, y yo me encargo del resto.

Achicó los ojos, como para percibir con más detalle sus proyectos, y continuó:

—En una semana lo pongo yo más fiero que un diablo, verás. El viernes que viene, a eso de las cinco de la mañana será la pelea. Mejor hacerla cerca del arroyo, a un kilómetro de la finca. Siempre me gusta evitar. Ya sabes que ahora hay mucha gente susceptible con esto del medio ambiente y la polución y toda esa maraña. Y una pelea de perros puede ser plato fuerte; bárbaro, si quieres. De hombres, al fin y al cabo —terminó cortante—. Te espero esta noche con tu perro. ¿Vale?

El tío no dijo ni vale ni nada. Sencillamente pidió otro trago y lo bebió de una vez. Luego dudó un poco y salió ya con el paso decidido y una sola idea en el cerebro estrecho: la que le había puesto don Romero y de la que ya no podía zafarse.

Yo me pregunté si estaría decidido por malo, por rabia contra mí, porque no le quedaba otro remedio, o porque de algún modo, la pelea le proporcionaría el dinero para pagar la casa.

A la noche, cuando me dejé poner bozal y correa al cuello sin chistar, el tío creyó que estaba siendo valiente y me tenía dominado. La verdad era que yo por Pedrín y la tranquilidad de su casa estaba dispuesto a luchar otra vez con aquel perro gordo y blancuzco al que ya me había enfrentado y al que, seguro, vencería cuando llegara el momento.

Pedrín estaba durmiendo tranquilo con el brazo extendido fuera de la cama, como lo extendía siempre para acariciar mi cabeza. No oyó nada, claro. Porque el tío anduvo con mucho cuidado, pero más que todo, porque yo me dejé llevar de grado y sin hacer resistencia. Al ver a Pedrín dormido pensé que a lo mejor era yo quien le salvaba la casa y el techo.

Así el tío me montó en su coche destartalado y salimos del pueblo hacia la noche, que ya iba de capa caída; empezaba a amanecer. Llegamos a la finca. Allí estaba el gordo don Romero esperando. Los dos hombres se dijeron unas palabras. A poco vi el carromato del tío que parecía desvencijarse por el mal camino.

Ahí fue donde empezaron las sorpresas. Sin saludarme siquiera don Romero cogió la cuerda, con ella me enlazó el cuello, se la volteó dos o tres veces alrededor de la mano y ahogándome y como si tuviera miedo de mí, me metió en un corral todo de alambre. ❖

Capítulo 6

❖ A LA MAÑANA siguiente, vinieron unos hombres a mirar-me. Al principio, salí a saludarlos poniendo mis patas en el enrejado, pero les disgustó mi espíritu amistoso.

—¡Este perro no sirve! ¡No sirve, don Romero! —comentaron.

—Ya verán que sí —dijo éste—. Ya verán cómo lo transformo. ¡Dentro de una semana, será más diablo que Lucifer!

Efectivamente, por poco lo logra. Primero, todas las mañanas, sin darme de comer, venía y se echaba a reír mirándome. Pero no era una risa alegre, sino socarrona, de burla y mala entraña. Y a mí la risa cuando es de la mala y sin alegría, me crispa los nervios. ¡He visto a tanta gente riendo por cosas que no son de risa! Después, con un palo largo al que había clavado un clavo en la punta, me hincaba para hacerme saltar. Me daba sólo huesos sin carne. Y por la noche, apenas había cogido el sueño, me despertaba con el dichoso palo. Claro, al día siguiente, le gruñí, le descubrí mis colmillos y, si me pone la mano a tiro, se la muerdo.

Pero la cosa fue de mal en peor. Todos los días venían hombres distintos a verme dar vueltas de un lado a otro de la jaula, a azuzarme, a pincharme con el palo del clavo. Y mientras más gruñía yo y los amenazaba, erizando los pelos del cuello y tirándole mordiscos al alambre, más contentos parecían.

Yo los odiaba y hubiera querido morderlos con todas mis fuerzas. Después pasé a querer matarlos. De hecho, estropeé a un infeliz gato que me metieron, maullando, por la puerta de la jaula. Cuando lo vi tirado, con las heridas de mis rasguños en su cuello, me dije: "Perdido, ¿pero qué te está pasando; qué te han hecho?"

Yo no necesitaba este trato para luchar con un perro. ¡Nunca me había vuelto atrás cuando me presentaban una ocasión de pelea! Me bastaba con ser perro y seguir mi instinto. En un momento me llenaba de coraje y luchaba con todas mis fuerzas. Pero esta piedra dura que sentía en el pecho, este vacío de hambre en el estómago, este odio contra todo y todos, era sentimiento nuevo.

Antes, ido el perro o el peligro, se me acababan las ganas de luchar y en lo que se me asentaba el corazón y volvía a respirar normalmente, era el perro dócil de siempre, respetuoso de sus amos y tierno con los niños. Ahora no; ahora no pensaba en la lucha, sino en la venganza; no en herir, sino en matar. Al punto que cuando vinieron a sacarme de la jaula, me engrifé, y tiré mordiscos tan decididos a hacer daño que tuvieron que amarrarme las patas y el hocico.

Me llevaron entonces a un corral más amplio, un cerco rodeado de alambre, más bien. Fuera había como cien hombres vociferando y discutiendo. Cuando empecé a ladrarles y a saltar para llegar a ellos, gritaban: "¡Arriba, Arriba!"

En esto, veo que viene hacia a mí lento, caminado sin elegancia con sus patas cortas y gruesas, el *bulldog* de don Romero.

Al odio que tenía dentro se unió éste de verlo entrar como si nada, como si no fuera yo un perro hecho y derecho, capaz de presentarle combate. Nos miramos, gruñimos, nos descubrimos las encías y los dientes, pero el perro no se movía. Más bien miraba a su dueño y lo saludaba con el rabo, como si fueran cómplices.

Esto había que acabarlo y pronto. "Basta de gruñidos", pensé. Con la misma, pasé corriendo junto a él, le mordí una oreja, que por poco se la arranco, y seguí de largo. El tipo no huyó y no hizo otra cosa que dejarme ir. Sangrando volvió a la carga: esta vez salté sobre él y le mordí en el lomo. Pero me dio asco su carne blanda y blancuzca, casi sin pelo. Empecé a correr y el muy zonzo corría en círculo a la par que yo, gruñéndome y sin atacar. Yo tomé ventaja. Corría como un bólido, le mordí el cuello, el labio, las patas, la papada floja que le caía sobre el pecho, hasta que pareció marearse y perder el equilibrio.

Los hombres gritaban:

—¡Dale, dale! ¡Aprovecha ahora!

A mí me daba lástima ver aquel enemigo blanquirrojo de sangre, dando vueltas, esperando que yo cayera sobre él para arrancarle otro pedazo.

—¡Blanco, métele ya, métele —gritaba don Romero. Y oí que le explicaba a los hombres—: un *bulldog* tranca la quijada, no zafa.

Ya, seguro del triunfo si lo hacía perder el equilibrio, emprendí la carrera desde lo más lejos posible y le di un encontronazo con el hombro; cayó de lado, y le mordí una pata con todas mis fuerzas, pero logró zafarse, y cargó sobre mí con su bocaza abierta.

Sentí un dolor punzante en el cuello. Empecé a girar loco de dolor y rabia, pero el perro se aferraba a mi cuello dando volteretas por el aire, y sin soltarme. La sangre de sus heridas y desgarrones caía sobre mí. Yo torcía el cuerpo, saltaba en el aire, me hacía un arco, pero no lograba desasirme de aquel peso muerto, mientras sus colmillos se hundían cada vez más en mi garganta y me ahogaban.

—¡Ahorita le coge la yugular! —gritó don Romero—. ¡Ya es perro muerto!

Pero no lo era. Logré dar un salto y el perro cayó sobre mí. Entonces levanté mis patas de atrás, y arqueándolas, con las uñas empecé a desgarrarle la piel hasta que cayó de lado con los ojos vidriosos.

Don Romero se lanzó dentro del corral y me separó a palazos, mientras dos de sus hombres recogían al perro moribundo.

El tío me puso una soga por el cuello. Lo miré a ver si había ira o triunfo en sus ojos, pero no pude leer nada en su mirada turbia. Lo único que sentí fue la furia con que me apretaba, como si quisiera ahogarme.

Ya me dirigía al camión, cuando don Romero, sofocado y lleno de ira, le gritó:

—¿Adónde crees que te lo llevas? ¡Ese perro es mío! ❖

Capítulo 7

❖ AL DESPERTAR Pedrito alargó el brazo para saludar a Perdido. Lo estiró cuanto pudo, pero no sintió la frente, que solía bajar el perro para dejarse acariciar, ni su lengua húmeda saludando sus manos. Abrió los ojos. "¿Dónde estás?" Y al mirar desierto el espacio que ocupaba Perdido cada noche junto a su cama, salió corriendo.

—¿Mamá, dónde está? —la madre levantó la vista del puchero que ahumaba azotado por el fuego, vio la mirada ansiosa de Pedrín y le dijo:

—¿Dónde está quién? —sin darse cuenta que en el mundo del niño el perro era protagonista.

—¡Mi perro! ¡Nunca se separaba de mi cama! ¡No está! ¿Lo ha visto, madre?

Siempre que algo se perdía, la madre demoraba un poco el trajín de buscarlo. Porque las cosas perdidas suelen encontrarse ellas solas, cuando menos se piensan o porque tenía demasiados cansancios dentro para buscarse otro. Además, se resistía a angustiarse a la primera.

—Habrá salido a dar una vuelta. No va a estar cosido a ti el pobre animal.

Pedrín vio que la madre volvía tranquilamente a darle vueltas al puchero con el cucharón de mango largo, como si nada hubiera sucedido. No iba a turbarse ella, ni a dejar puchero seguro por perro perdido.

Pedrín la miró un instante desconcertado. ¿Cómo era posible que la madre no se angustiara con él? Pero comprendió que suyo era el perro y la preocupación y salió corriendo calle abajo.

—¡Perrito! —gritaba, buscando en cada patio, detrás de cada cancela, a la vuelta de cada esquina. Fue a la taberna, a la tiendecilla, a la capilla casi derrumbada, y llenó el caserío de silbidos y carreras.

Nada. Preguntó a cuanto vecino se cruzaba con su afán. Y todos contestaban encogiéndose de hombros o moviendo la cabeza en un no silente. Pedrín comprendió que era demasiado poca cosa el perro perdido de un niño pobre, para alterar su rutina.

Entonces arreció su búsqueda, y no la de esta mañana; la más difícil y miedosa, en plena noche, y la doblemente angustiada del día siguiente y el otro. Ya estaba pensando que a lo mejor tenía que conformarse como antes, con el pájaro, el lagarto o el sapo, porque aquel compañero alerta y protector, que tan bien seguía sus pasos, había desaparecido para siempre.

—Así pasa, hijo —lo consolaba a su modo el abuelo—. Nada dura para siempre. Da gracias que lo tuviste. Anda, vente conmigo. Vamos al huerto a buscar patatas, a ver si hay suerte.

Pedrito no podía decirle que la compañía de un abuelo, por bueno y complaciente que sea, no sustituye a un perro; su perro que ladraba, echaba a correr, y estaba pendiente de la menor de sus palabras.

Como ya estaba cansado de buscar dos veces en cada sitio y de ahuecar las manos y gritar: "¡Perro!" "¡Perrito!", decidió buscar en los lugares improbables, incluso en aquellos donde no cabría Perdido o donde, de estar, se vería a simple vista.

Así, se subió al camión del tío, pero ya no buscaba al perro. Se conformaba con encontrar una pista, algo que de algún modo le ayudara a encontrarlo. De pronto, entre los muebles viejos y demás trastes que el tío acumulaba para su negocio de venta y trueques, vio algo como una serpiente. Acudió corriendo, empezó a jalarla y salió completa la soga con que solían amarrar a Perdido. Con ella en mano, más que preguntar, acusó a su tío.

—¿Adónde te llevaste a Perdido?

—A ninguna parte —respondió.

—¿Y esta soga?

—Me la encontré.

—¿Dónde? —insistió Pedrín.

—Allá, por uno de esos caminos.

—¿Hacia dónde?

—Hacia allá —dijo el tío, moviendo el brazo en dirección confusa.

Bastó para Pedrín. O sea, que el perro no estaba en el caserío, sino por los campos, metido en alguna finca. Salió sin decir nada, porque si pide permiso le dicen que no, y estuvo camina y sube y baja de sembradío en sembradío, de huerto en huerto, cruzando linderos, llamando y sin que el aire le devolviera un solo ladrido.

Cayó la noche, y Pedrín siguió buscando entre las sombras hasta que, al acercarse a una finca de portón ambicioso, oyó unos ladridos urgentes.

Claro que le tenía que ladrar con urgencia. Me tenían prisionero en aquella jaula sucia con poca agua y menos carne; no me dejaban dormir noche completa. Me insultaban. Me maltrataban. Y ahora, en medio de la noche, me llegaba inconfundible, el olor de Pedrín.

Desesperado, alcé las patas y empecé a ladrar. Al fin sentí sus pasos. Pedrín había logrado entrar escurriéndose bajo la cerca de alambre y ya, en unos segundos, como si fuera sueño, estaba el niño con las manos prendidas a la jaula diciéndome:

—¡Mi perro! ¡Mi perro querido!

Rápidamente, quitó el pestillo a la puerta, salí corriendo y me volví loco saltándole alrededor y pasándole la lengua por la cara, mientras me paraba en dos patas y él me abrazaba contra su pecho.

—¡Vámonos! ¡Pronto! —me dijo. Yo me di cuenta que tenía que estarme callado y seguirlo para que la huida fuera rápida y sin riesgos. Si nos oía don Romero, era capaz de ponerme a mí en una jaula y a Pedrín en otra.

Suerte que era una noche negra, sin luna ni nada que la alumbrase. Pedrín me susurraba:

—¡Ven, sígueme! —y lo seguí penetrando la oscuridad con mi vista, hasta que él levantó los alambres de púas de la cerca, me dijo—: ¡Agáchate y pasa, no te hagas daño! — pasó él, pegándose mucho a la tierra y tan callados los dos, que ni los animales que ven en la noche pudieron vernos o sentirnos.

Ya fuera, echó Pedrín a correr, y yo detrás de él, libres los dos, hasta que llegamos a una colina suave, forrada de yerba fresca. Pedrín me acarició pasándome la mano por el lomo, luego se detuvo, porque tocó la cicatriz dura en que se había convertido la mordida del perro blanco.

—¿Qué te han hecho, mi perro?

Sumó la cuerda que había encontrado en el camión del tío, las mentiras de éste, la jaula en que me tenían prisionero, y allí mismo, sin dejar de acariciarme, pero sin lágrimas, decidió:

—No puedes volver conmigo a casa. Mañana don Romero verá tu jaula vacía, buscará al tío y el tío volverá a entregarte o a venderte. Anda y sálvate tú. Vete ahora. Sigue lejos, hasta que te pierdas y cambie el paisaje.

Se abrazó a mi cuello. Después, derecho y decidido, como un hombre, me dijo adiós mientras yo bajaba la colina y me perdía en las sombras.

Cuando llegó a la casa, al susto de madre, abuelo y vecinos, Pedrín hizo algo que a todos le produjo extrañeza. Miró a los ojos del abuelo y le dijo:

—Nada dura para siempre. ¡Gracias que lo tuve!

Y el abuelo supo que Pedrín había dejado de ser niño. ❖

Capítulo 8

❖ Yo SALÍ corriendo y ni una vez volví la cabeza hacia donde estaba Pedrín. Tenía que alejarme y olvidarlo; quitarme la pena de este adiós para siempre, correr en vez de aullar. Eso hacía tratando de ver en la oscuridad, deteniéndome sólo para escoger camino y olfatear el aire. No podía pensar mucho, ni apenarme siquiera. Iba poniendo a Pedrín en ese sitio donde ponemos a los que nunca volveremos a ver y recordaremos siempre. Mi vida tenía una sola meta jurada: encontrar a mis amos, recuperar a Marcos.

Esta idea me daba fuerzas para pasar pronto las páginas de la tristeza, y pensar en mañana, después de esa noche de fuga. La libertad, el airecillo fresco y el hambre que empezaba a sentir me animaban a continuar corriendo, hasta que se fueron las sombras y amaneció, con el sol, un campo verde, montañas altísimas, y una corriente de agua que se lanzaba desde la altura y caía limpia: un mundo nuevo que invitaba a vivirlo. El paisaje distinto que había dicho Pedrín.

Me acerqué a la corriente para beber el agua recién caída de la montaña. ¡Qué frescura! De pronto veo allí, saltando sobre las rocas y escurriéndose, una trucha. Salté dentro, se me escapaba, corría yo más, hasta que con un movimiento ágil la cogí entre mis dientes coleando y me la desayuné aprisa. Busqué entonces un arbolillo acogedor, que diera sombra, me tendí a lo largo y me consoló el sueño.

Me despertaron los ladridos sumados de cuatro galgos que me olisqueaban dando vueltas alrededor mío. Enseguida les gruñí y me preparé a una lucha desigual. Ya les enseñaba mis colmillos y los amenazaba, cuando oí una voz de hombre.

—¿Eh? ¿Qué pasa? Quietos. Quietos —era un hombrón alto y fornido el que se acercaba sonriente.

—¡Bobos! —les decía a los galgos, mientras a uno le acariciaba una oreja y al otro el lomo —estamos cazando perdices y no perros. ¡Hala!

Regañaba sonriendo y como vio que a mí no se me quitaba la desconfianza, se acercó:

—¿Y tú qué haces aquí, hombre? ¿No tienes dueño? ¿Sabes que estás en mi coto de caza?

Me gustó el tono de su voz firme y a la vez alegre. Le moví el rabo y él me acarició la cabeza para hacerse amigo. Me puse en dos patas y con dos lengüetazos le lamí la cara.

—¡Vaya que eres amistoso! Vamos, vente conmigo. Que todos no han de ser galgos. Ven.

Emprendió la marcha con la escopeta al hombro y dando grandes zancadas; yo empecé a seguirlo, mientras los cuatro galgos corrían alrededor mío ladrándome injurias.

Llegamos a una casa de madera que parecía de pobre y resultó de rico. Un criado amable y flaquísimo, con un delantal manchado de sangre, me enteró de todo mientras me servía el plato de huesos y carne que ordenó para mí su amo.

—Tuviste suerte de dar con el marqués. Otro te deja al pairo. Pero el marqués está de buen humor. Siempre está de buen humor cuando caza. Ahora, a ver qué cosa útil puedes hacer tú, porque de galgo tienes lo que yo de rey.

—Deja que coma el infeliz —ordenó el marqués, viendo con qué afán de hambre roía yo los huesos. Ya le buscaremos oficio.

Efectivamente, al otro día, cuando salían todos contentos, a mí me ordenaron quedarme de guardia con el criado flaco. Miré irse al marqués y a otro amigo suyo menos amable que él, porque le dijo:

—Fernando, este perro va a ser un trastorno. Ya verás.

Decidí que trastorno no sería, y me entretuve en guardar la casa aunque no viera peligro.

Casi me entusiasmé cuando, a las dos horas, vi a un hombre sospechoso que venía cargado de bultos y daba voces para que le abrieran la puerta. Le ladré feroz y luego arremetí contra él, y lo dejé atontado y caído, con los bultos abiertos derramando harina y azúcar alrededor suyo.

—¡Bruto y rebruto! —me regañó el criado—; no sabes distinguir a una persona decente. ¡Mira lo que has hecho! Si tuvieras una pizca de olfato, sabrías que éste es Benigno, el que nos trae las cosas del pueblo.

En cuanto regresó el marqués, le dio las quejas y comentó para humillarme:

—¡Es tonto de nacimiento!

El marqués me cogió el hocico con las dos manos y me dijo:

—¿Es que te aburres, eh? Mañana saldrás con nosotros.

Decir esto y empezar los galgos a hacerme la vida imposible, fue todo uno. Lo hacían por discriminación y prejuicio, porque ellos eran nobles y yo plebeyo. Cuando les sirvió el criado unos huesos magníficos, porque me acerqué a olisquearlos, me gruñeron de malísima forma. Tanto, que no comí.

Luego, se recostaron a los pies del marqués, pero si venía yo a acostarme cerca de ellos, se levantaban todos y se movían de sitio. Habían descubierto que si no era galgo, tampoco era pastor alemán: se me caía la oreja izquierda y me sobraba un dedo en la pata delantera derecha.

Yo no iba a dejar que me echaran a menos, y me dije: "Al próximo que se burle de mí, lo agarro y lo muerdo." Efectivamente, por la noche estaba uno junto a la chimenea de piedra. Vine yo, que también me gusta el calorcillo acompañado y el olor a vino y a chorizos asados a la lumbre, y el galgo presuntuoso se levantó como diciendo: donde entra éste, sobro yo.

Cuando pasó junto a mí, arqueé el lomo, me ericé y le tiré un mordisco, más por advertencia que para morder.

El mordisqueado se alejó sentidísimo y decidido a odiarme. Al otro día cuando todos estaban dispuestos para salir y dejarme cuidando casa y criado, me eché a correr con los demás galgos ladrando y alegre como ellos.

El galgo, mi enemigo, me gruñó diciéndome:

—Eres un bastardo. Ni siquiera puedes pararte en atención. Fíjate —y se paró a mi lado, sin mover ni un músculo, recto del hocico al rabo. Además, con mucho garbo, levantó la pata derecha y la dejó suspendida en el aire.

"No voy a ser menos", pensé. Me puse al lado suyo con el hocico y el rabo levantado, quietísimo, casi como una estatua. Pero claro, por más que trataba de poner rectas las orejas, la izquierda se me doblaba. Además, no había modo, puesto que yo era más grueso, de que pudiera quedarme en tres patas y con la cuarta al aire, sin moverme. Viéndome los otros galgos, imitaron al primero. Todos por hacerme ver que yo, al lado de ellos, era un plebeyo falto de clase.

Entonces el amo dio una voz y su amigo otra, que yo no entendí, pero los galgos sí, porque se pusieron a oler y a buscar en todas direcciones. Yo también empecé a oler muy concentrado, como si supiera qué rayos estaba oliendo.

De pronto, los galgos se pusieron tiesos, enderezaron el rabo, pararon las orejas y levantaron la pata delantera izquierda. En un santiamén, y como si tuvieran almohadillas en los pies, el marqués vino muy silencioso y buscó con la vista entre la hierba. Pero, ¿qué buscaba?

Lo único que vi fue una pobre perdiz sola que a nadie hacía daño. Ni que hubiera sido un jabalí. En menos que lo cuento, echó a volar ella, apuntó el marqués, sonó el tiro, la perdiz trató de remontar vuelo, se alejó un trecho y luego la vi caer de picada, supongo que muerta. Yo decía: "¡pobre!" y salí a ver si podía socorrerla. Pero los cuatro galgos se abalanzaron como fieras corriendo a registrar la hierba. El que yo odiaba más, venía contento, sosteniendo entre sus dientes a la pobre perdiz que traía el cuello descolgado y sangraba por una herida en el medio del pecho.

Seguro que le marqués, como yo, estaría indignado y le daría su merecido. Interpretando su sentir, hice intentos de salvarla todavía. Me acerqué gruñendo al galgo que la llevaba pero, para mi sorpresa, soltó su bocado y el marqués, hasta ahí bueno, recibió con sus manos a la criatura, y al galgo asesino le frotaba el lomo y le decía:

—Bien; bien hecho.

Yo no entendía nada. Nada en absoluto. Porque tenerle tirria a un gato, está bien; y hasta perseguirlo y echarlo fuera de casa. ¡Pero ver a un pájaro apenas un poco mayor que el canario de mi ama; azuzarlo para que alce el vuelo y matarlo por el gusto o la maldad de matarlo! Eso sí que no. Quizás yo no fuera de raza o no tendría costumbre, pero matar me parecía un crimen. ¡Si todavía lo hicieran por hambre, como tuve yo qué hacer con la trucha!

El marqués era un gran tipo y se reía con ganas y compartía con el criado de igual a igual, y bebía el vino con más gusto que nadie, y muy buenos chistes debía de decir o era muy rico, porque todos se los celebraban palmeándole la espalda.

Pero le gustaba la caza. Se moría por la caza. Y la caza era de esto de ir a asesinar pájaros rodeado de perros. No; yo no podía serle fiel, por huesos que me diera cada día. Tampoco podía irme solo por esos montes, ni podía atacar a los galgos: eran cuatro y todos lucharían contra mí.

Todo esto llevaba yo entre pecho y espalda. Me intranquilizaba pensando qué hacer. Pero un día, estando de caza, no pude más. Los galgos habían descubierto a un grupo de perdices que estaban juntas, como en familia. Una saltando; otra picoteando la tierra; otra posada en una rama, balanceándose con el aire fresco.

En esto, ladran los perros, y cuando todas levantan vuelo para huir y el amo alza la escopeta, tuve un impulso súbito. ¡No! ¡A éstas no! De un salto le agarré el brazo, falló el tiro, maldijo, pero yo me di el gusto de ver a las perdices libres y a salvo, volando por el cielo claro.

Ahí mismo me cayeron encima los otros perros, y si no es por lo poco de bueno que le quedaba dentro al marqués, allí hubiera acabado mi historia. Por orden suya, me ataron con una soga, me pusieron en la boca algo que no me dejaba abrirla, y me montaron en un *jeep* junto al criado, con la orden de no parar hasta soltarme en algún sitio, bien lejos, donde aprendiera a no turbar jamás la caza de los hombres buenos que trabajan mucho y se entretienen matando perdices.

El criado, que a lo mejor pensaba como yo, pero no se atrevía a contradecir, me soltó en un pueblo, en vez de sitio perdido, donde no hubiera nadie. Comillas sería, o cualquier otro de los que visitaban mis amos los domingos, antes de mudarse a Mons. ❖

Capítulo 9

❖ OLÍA A MAR y a sardinas fritas; a alemanes, franceses o belgas. Olía a barcos pesqueros pintados de azul y rojo que dormían en la arena. O a los más grandes que dirigían hombres de mirada profunda.

Yo, contento, recorrí los cafés con mesas al aire libre en las que gente muy rubia, muy soleada y en pantaloncillos cortos, comía pescado fresco y bebía vino blanco. Me colaba entre ellos y les movía el rabo, poniendo cara de hambre y dulzura, para que algún francés o alemán me diera de lo que comía.

En esto, debajo de una sombrilla de colorines, veo a una niña sola y rubia, de unos diez años, que sostenía junto a su pecho un bulto pequeño y peludo. Me acerqué, porque me olía a perro chico; la niña medio que se asusta de mi tamaño, se levanta siempre sosteniendo a lo que era, efectivamente, un cachorro de pocas semanas, y ya iba a huir de mí por el grito francés de la madre.

Yo me tiré en la arena, descansé una pata sobre otra y la cabeza en ambas, para convencerla de que, por grande, no tenía que temerme. Volvió a sentarse la niña, siempre acariciando al cachorro, pero éste se le zafó de las manos y vino hacia mí moviendo su poquito de rabo.

Cuando lo tuve enfrente me quedé de una pieza. Era como yo, color canela; tenía gacha la oreja izquierda y cuando le miré la pata derecha que colocó sobre la mía, vi uno, dos, tres, cuatro, cinco, ¡seis dedos! ¡Era mi hijo! Tenía que serlo. Vi alrededor de sus ojos las mismas líneas negras que se dibujan hacia mis orejas. ¡No podía ser tanta la casualidad! Lo que le hacía aparecer distinto era su pelo más corto y más rizado que el mío. Sería herencia de su madre, la *poodle* de Mons, de la que me costó tanto separarme.

No, no había duda; este cachorro canela que ahora me miraba de frente y medio se caía de lado era mi hijo. Lo único que pude hacer para demostrarle mi alegría fue ladrarle, a lo que el pobre se asustó y fue a refugiarse donde la niña que enseguida lo cargó y salió corriendo. Yo salí tras ella. Creyó la madre que yo la perseguía y, por defenderla, me dio en la cabeza con la sombrilla de colores. A toda prisa recogió su bolso y salieron madre, niña e hijo mío huyendo de mí en un coche de lujo. Por más que corrí para alcanzarlos, se los tragó el camino.

No me di por vencido. Porque quizás, pensé, como el perro era tan chico, habrían traído a la madre y volvería a verla. ¡Qué dicha, después de tantos meses y tantos kilómetros! Empecé a revisar el pueblo, calle a calle y casa a casa. Iba de una a otra diciéndome: "¡En la próxima! ¡En la próxima están!" Miraba entre las verjas, olía el aire y le daba la vuelta a la redonda, husmeando. Pero vino la tarde, se puso gris el cielo y ni olía ni veía nada que me diera esperanza. Quedaba sólo una casa en lo alto de una loma mirando el mar.

Fui subiendo la cuesta, queriendo y no queriendo, porque si no estaban allí los había perdido para siempre. Al fin llegué a la cerca de hierro, me paré en dos patas apoyándome en ella para mirar por encima de los arbustos que impedían la vista. Corría otro trecho, volvía a alzarme, hasta que, de pronto, olí en la brisa el olor querido.

Allí, sobre la yerba verde, acostada y dando de mamar a tres cachorros canela, ¡estaba ella! Debe haberme olido, pues vi que levantó su hocico fino, como si sintiera en el aire mi presencia.

Ya entonces empecé a ladrarle que me parecía imposible, que yo creía haberla perdido para siempre, que la busqué cuanto pude y me dejaron mis dueños, que no la había olvidado nunca. Ella me miró, pero dio la vuelta, llamó al cachorro de la oreja gacha y ya iba a entrar en la casa cuando yo, desesperado, di un gran salto y corrí hacia ella.

Duró poco la dicha y el cruzar mi cabeza con la suya. Estuvimos juntos toda la noche y fui el perro más feliz del mundo, hasta que me preguntó si ya no me iría nunca. Le dije que sí, que tenía que irme.

—Pero, ¿por qué? —preguntó—, ¿por qué?, si nos hemos encontrado, si puede que te acepten mis amos, ¡si tenemos hijos!

No comprendía, ¡no comprendía en absoluto! Traté de explicarle: no somos gente. Los perros no podemos formar familias. No tenemos derecho. Es así; así ha sido a través de los siglos. Un perro le debe fidelidad a sus amos, no a sus hijos. A mí no me quedaba más remedio que buscar a mis dueños. En el pecho no me cabía otra cosa. Le razoné que ella estaba segura, que tenía protección y comida. Dormía bajo techo y no conocía el mal y los peligros de estar solo.

No lloró, porque los perros no lloran, pero se quejaba con un sonido que le salía del pecho y me miraba triste.

Tuve que ser fuerte. No. Que se quedara ella con mis cachorros hasta que crecieran y pudieran valerse. Yo seguiría buscando a mis amos. Así era, y ni ella ni yo podíamos cambiarlo. Muchos perros no vuelven a encontrarse nunca. Ella y yo habíamos tenido esa suerte. Quizá alguna vez, en ésta u otra playa, volveríamos a vernos. Quizá. Pero es mucho más de lo que puede esperar un perro.

No quiso comprenderme, o no pudo. Me despedí de ella y de mis cachorros, salté la verja y comencé a andar por la arena. Pasé, perro solo, frente a un hombre y una mujer que jugaban felices con su niño de meses. ❖

Capítulo 10

❖ TENÍA QUE seguir. Yo recordaba que Gijón estaba al borde del mar. Con mis dueños había visitado la cinta de playas que es la costa. Por eso sabía que caminando por la playa rumbo al sol, algún día llegaría a mi ciudad y a mis dueños.

Caminé día y noche. A veces, me acercaba a la orilla y me refrescaba del cansancio cuando la onda de una ola cubría la arena. Me castigaba el sol y no comía más que las sobras que me ofrecía algún pescador bueno.

De pronto, empezó a soplar duro el viento, se encrespó el mar y unas olas que parecían murallas se derrumbaban cada vez más cerca. El espacio de arena era un lagunato creciente que todo lo cubría. Algunos botes se deslizaban y salían a navegar sin dueño. El mar se iba tragando las sillas, las mesas, los parasoles de antes. Cada vez rugía con más furia. Ya llegaba a los jardines de las casas y amenazaba invadirlas.

Huyéndole, cogí un trillo y fui subiendo loma arriba, para que no pudiera arrastrarme. No me recibió mejor la tierra alta, ni el cielo. Todo parecía conspirar contra mí. La tierra se iba elevando cada vez más para dificultar mi marcha; el cielo se puso todo negro y amenazador; el aire giraba en torno mío trayéndome un húmedo olor a lluvia. Pero todavía no había empezado a caer de las nubes bajas y curvas como vientres de burra. Me faltaba el aire y corría sin cesar a ver si dejaba atrás aquel ambiente de soledad y borrasca.

Las lomas se convertían en montañas. Una niebla espesa apenas me dejaba entrever una ladera que luego se convertía en cumbre. Todo me era extraño y confuso. Nunca había andado por esos caminos que hacía yo mismo al huir desesperadamente. De pronto, vi un gran estallido de luz, retumbó un trueno aumentado por los ecos y empezó a caer como latigazos la lluvia despiadada. Los rayos caían en zigzag, como una fiesta de fuegos artificiales de gigantes malévolos. La lluvia fría me calaba los huesos y convertía en lodo la tierra, mientras el viento la empujaba en ráfagas inclinadas hacia mí.

¡Qué oscuridad tan sola! ¡Qué enemigos el viento, la lluvia y la montaña! Enemigos míos, que me hacían prisionero y parecían gritarme: "¡No llegarás nunca!" ¡No podrás ser fiel! ¡Y para esto abandonaste a los tuyos!, mientras mi corazón se preguntaba: "¿Moriré pedido?"

La tormenta era cada vez más intensa. Caían las piedras como si de lo alto quisieran apedrearme, la niebla encubría a mi vista tanto la montaña como el abismo. De pronto perdí el equilibrio y rodé cuesta abajo. Impulsado por el viento y la lluvia, tropezaba con las ramas y las rocas hasta que sentí un dolor punzante y una ola de sombra me dejó sin vista. Todo había terminado. ¿La sombra no era acaso la muerte que venía a buscarme?

No sé si morí un poco y volví a la vida. Ni tampoco qué tiempo estuve muerto. Sólo sé que abrí los ojos y la pesadilla del viento y de los rayos había desaparecido. La luz que veía era la de una hoguera encendida; los pequeños ruidos, los de unos maderos que chirriaban antes de convertirse en fuego vivo que iluminaba la habitación y la convertían en hogar.

Miré alrededor. Frente al fuego y a mí, alguien de paz se balanceaba en un sillón, sin prisa, mientras las dos agujas que sostenían sus dedos parecían sablecillos pequeños haciendo esgrima.

Levanté la cabeza. Olía a tibieza y bienvenida. Traté de incorporarme y pude. Entonces me recibió contenta la voz de una niña morena con el pelo suelto y lacio, los ojos negros y apiadados, y unas manos de dedos finos que alargaba hacia mí.

—¡Ya te despertaste, qué bien!

Me trajo un tazón de leche tibia que me abrigó por dentro, mientras por fuera me calentaba con una manta de lana a cuadros. Desde cachorro, cuando me acurrucaba junto a mi madre y recibía en la boca sus hilillos de leche, no había sentido un calor tan protegido. Quise aprovecharlo y cerré los ojos para que no se fuera. Lejos oí que la niña le decía a la sombra de un hombre que entraba:

—Papá, ¡se ha despertado!

Al día siguiente me sentí lleno de fuerzas. Salí de entre las mantas, saludé a la señora que, en vez de tejer, formaba unas cataratas de leche que caían espumosas del cucharón suspendido a una gran vasija de hierro con asas como orejas.

—¡Vaya que te has levantado contento! —me dijo, porque le movía el rabo con todas mis fuerzas—. Anda, desayuna y sal al patio, que allá está Rocío esperándote.

Bebí la leche de prisa, empujé la puerta con el hocico y salí trotando a una mañana de sol. El cielo estaba azul y tranquilísimo. Parecía que nunca volvería a haber lluvia. También se veían de lejos unos lagos cerrados como grandes ojos abiertos y azules.

La niña morena estaba mirando el valle y levantaba una mano para que la brisa no le desordenara el pelo.

Me sentí tan contento, tan agradecido, que la saludé como hubiera saludado a mis amos después de tanta ausencia. Ella me agarró la cabeza; sus dedos largos abrieron caminos en mi pelo canela. Por hacerle fiesta, de un sólo lengüetazo le lamí la cara. Ella se frotó con el dorso de la mano y me dijo:

—¡Ya me la lavé con agua! —pero se reía. Trató de caminar; no la dejaba yo, colocándomele enfrente. De pronto, me daban ganas de correr y corría como un loco o un chiquillo sobre la hierba; me revolcaba en ella, y volvía a saltarle alrededor y a estorbarle el paso, los pliegues de la falda y sus canteros floridos.

—Oye, cuidado con mis pensamientos —dijo la niña.

Y eran eso, pensamientos lilas de hojas grandes, los que crujían bajo mis patas.

Aproveché para rascarme la oreja con la pata trasera, como si tocara un *pizzicato* en un instrumento de cuerdas. Olí el palo de rosa y el cantero, pero no pensaba sino en hacer mío este patio de pensamientos.

—¡Hala, basta ya! ¡Estate quieto!

El padre miraba por la ventana, vigilando la locura de mi alegría.

Entonces, todo lo eché a perder. Por atolondrado y mala cabeza.

La niña empezó a caminar y yo, porque no se me fuera, porque no terminara la dicha, o porque soy brusco y no las pienso, salí a toda carrera y, llegando a ella, me levanté en dos patas y me apoyé en su espalda.

La niña desprevenida cayó al suelo, se golpeó la frente con el borde de un tiesto y vi con terror la anguililla de sangre que se deslizaba hacia su ceja.

El padre vino corriendo a levantarla, me miró, no con odio sino peor quizás: con decisión tomada.

A ella la llevaron dentro; a mí, el padre me dijo "¡ven!", me abrió la puerta del coche, y yo supe que nunca más volvería a verla.

Así fue. Yo iba callado junto al padre que ni me dijo bruto, ni me pidió enmienda, ni miraba mis ojos que le pedían un perdón urgente. Era hombre que toma una decisión y no la vuelca. Y para mí, la decisión era un muro de piedra invisible. El motor del coche era el único ruido. El camino iba no sé a dónde. Pero yo sabía que nunca, en él, volvería atrás.

Llegamos al portón con que saludaba una finca. Llegó al oírnos un amigo del padre y se dijeron poco, porque todo estaba más claro que el agua.

—Leonardo, vengo a que me hagas un favor.

Leonardo debía deberle muchos, porque dijo:

—Tú dirás.

—Ayer, después de la tormenta, salí con mi hija y nos encontramos a este perro que parecía muerto, al fondo de la cañadita del paso. Supongo que lo empujó el ventarrón y perdió el equilibrio. El caso es que, ¡ya conoces a Rocío!, me hizo recogerlo y lo llevamos a casa. Ya me pareció un perro demasiado grande para mi madre, que se ha puesto tan chica. Se lo dije a Rocío. Pues hoy por la mañana sale corriendo la niña, éste le apoya las patas en la espalda y me le ha hecho una herida en la frente. Claro, es un perro joven. Todavía juega mucho. Además, la herida se la hizo Rocío, porque cayó contra un tiesto. Pero qué quieres. Ya con lo mío tengo bastante. En resumen: te vengo a pedir que lo tengas aquí en la finca. O, francamente, que hagas con él lo que te parezca. Como tú vas a Gijón a cada rato, si te fastidia mucho, lo sueltas en la carretera. Yo con decirle a Rocío que se lo he dado a un amigo, resuelvo.

Lo que le pareció a Leonardo era exactamente lo que yo quería. Porque resultó que se dedicaba a curtir jamones y a hacer embutidos que vendía en Gijón. Cuando le oí decir "Gijón", por poco doy una voltereta.

Enseguida hice mi plan: portarme lo peor posible para que Leonardo no pudiera o no quisiera tomarse el trabajo de ser mi amo y me dejara en la carretera. ¡Ah, pero en la carretera de Gijón al fin y al cabo! ❖

Capítulo 11

❖ AL DÍA SIGUIENTE perseguí a los puercos que, oyéndome ladrar y gruñir, se agolpaban unos a otros y chillaban a muerte.

No fue suficiente, porque Leonardo era un buenazo.

Entonces la emprendí contra gallinas y con el susto y la algarabía dejaron de poner huevos.

Tampoco.

¡Ah!, pero cuando Leonardo vio que me alzaba en dos patas y mordisqueaba los jamones, sus jamones listos para entregar, y corría con una ristra de chorizos en la boca, me dijo:

—¡Ya está bien, compadre! Tú mismo te lo has buscado —abrió la puerta de su camión y yo me colé dentro más alegre que Pascua de niño.

—Mire usted —se quejaba Leonardo mientras conducía—, yo que no mato ni a una cucaracha por no hacerle daño, tener que dejar a este animal tirado en la carretera. Capaz que lo arrolle un coche. Si en otro viaje lo veo patas arriba, andaré con la lata del remordimiento. Pero ¡tampoco voy a dejar que me arruine el negocio! —se justificaba ante sí mismo.

Yo, que había viajado la carretera antes, iba reconociendo los paisajes y las vueltas y se me aceleraba el corazón con la alegría.

Al fin, cuando ya miraba las afueras de mi patria chica, y apenas podía mantenerme quieto, Leonardo, con no poca pena y más remordimiento, me dice:

—Lo siento, pero aquí te quedas. Eres de buen ver y habrá quién te recoja. Si Dios quiere —añadió en tono fúnebre. Yo empecé a bailarle alrededor, le puse las patas al pecho y lo besé con un lengüetazo en la frente, que por poco lo tumbo.

—¡Está visto que no aprendes, loco! —me dijo, en el fondo aliviado porque mi mala conducta era causa de la suya. Casi huyendo, se metió en el camión, lo puso en marcha y no miró hacia atrás.

Yo lo seguí mientras pude, cosa que debe haberle aumentado la culpa de dejarme, pero no lo hacía por eso, sino porque dirigido por él y la casualidad, entraba en Gijón sin pérdida.

Ya iba yo sin aliento, corriendo por las calles; reconocía el Palacio de Revillagigedo y la Universidad, y el parque de Molino Viejo, cuando siento en la brisa, mezclado con el olor a mar, aquel olor a chorizo y queso cabrales que me dirigía a mis amos.

Se abrió ante mí el muelle de la Barquera y yo corriendo, corriendo, entré en una taberna, en otra. Nada. Levanté el hocico. Sí, sí, pero ¿dónde? ¿En aquel café? ¿En esta tienda? ¿Dónde estaba el hilillo de olor que me guiaba? ¡Fuera el olor a gasolina! ¡Fuera! ¡Que no me interrumpieran las luces del tránsito! De pronto, se mezcló al olor del chorizo y la sobreasada otro más tenue, a jabón y agua de lavanda.

Me lancé a correr y a perseguirlo, con la fuerza de todas las soledades y todas las esperas. "¡Marcos!" "¡María José!", ladraba mientras me abría paso entre la gente.

Al fin, el olor se escurrió por una callejuela y yo detrás hasta que se clavó preciso, inconfundible, frente a una tiendecita pequeña. ¿Dónde? ¿Dónde estaban? Sofocado, casi muerto, oí a mi dueña:

—¡Perdido! ¡Perdido! —y vi que venía corriendo a abrazarme. Y llorando de alegría, el amo de todos mis empeños, Marcos.

Manolo, que no podía creerlo, se lo contó a un periodista; la noticia salió en todos los periódicos del mundo, llegó a Miami, y escribió mi historia en palabras suyas y no de perro.

Hilda Perera

Índice

Este libro se terminó de imprimir y encuadernar
en el mes de agosto de 1997 en Impresora y
Encuadernadora Progreso, S. A. de C. V. (IEPSA),
Calz. de San Lorenzo, 244; 09830 México, D. F.
Se tiraron 5 000 ejemplares.